Charles Lamb
Mary Lamb

Histórias de Shakespeare

vol. 2

Hamlet, príncipe da Dinamarca

Sonho de uma noite de verão

Macbeth

Tradução
Marcos Bagno

Ilustrações
Rogério Soud

editora ática

Título original: *Tales from Shakespeare*
Título da edição brasileira: *Histórias de Shakespeare vol. 2*

Diretor editorial	Fernando Paixão
Editoras	Claudia Morales
	Carmen Lucia Campos
Editor assistente	Fabricio Waltrick
Redação	Lizandra Magon de Almeida (Pólen Editorial)
Preparação de originais	Sandra Brazil
Coordenadora de revisão	Ivany Picasso Batista
Revisora	Liliane Fernanda Pedroso

ARTE

Projeto gráfico	Marcos Lisboa, Suzana Laub
	Katia Harumi Terasaka, Roberto Yanez
Editora	Suzana Laub
Editor assistente	Antonio Paulos
Pesquisa iconográfica	Angelita Cardoso
Editoração eletrônica	Divina Rocha Corte
	Eduardo Rodrigues
Edição eletrônica de imagens	Cesar Wolf

CIP-BRASIL. CATALOGAÇÃO NA FONTE
SINDICATO NACIONAL DOS EDITORES DE LIVROS, RJ

L222h

Lamb, Charles, 1775-1834
Histórias de Shakespeare, vol. 2 / [adaptação de] Charles Lamb, Mary Lamb ; tradução Marcos Bagno ; Ilustrações Rogério Soud. - 1.ed. - São Paulo : Ática, 2003.
72p. : il. -(Quero Ler)

Tradução de: *Tales from Shakespeare*
Apêndice
Contém suplemento de leitura
Conteúdo: *Hamlet, Príncipe da Dinamarca, Sonho de uma noite de verão, Macbeth*
ISBN 978-85-08-08818-8

1. Shakespeare, William, 1564-1616 - Adaptações - Literatura infantojuvenil. 2. Conto infantojuvenil brasileiro. I. Lamb, Mary, 1764-1847. II. Bagno, Marcos, 1961-. III. Soud, Rogério. IV. Título. V. Série.

09-3186. CDD: 028.5
CDU: 087.5

ISBN 978 85 08 08818-8 (aluno)
ISBN 978 85 08 08819-5 (professor)

2024
1ª edição
10ª impressão
Impressão e acabamento:
Log&Print Gráfica, Dados Variáveis e Logística S.A.
OP: 248589

Av. Otaviano Alves de Lima, 4400 – CEP 02909-900 – São Paulo, SP
Atendimento ao cliente: 4003-3061 – atendimento@atica.com.br
www.atica.com.br

A magia de Shakespeare

Dois casais se metem na maior confusão com fadas e duendes; um príncipe conversa com o fantasma do pai; um soldado maligno ouve conselhos de bruxas. O que essas histórias podem ter em comum, além de um toque de sobrenatural?

As três foram criadas pelo dramaturgo inglês William Shakespeare, o mais importante autor do teatro moderno. Em "Sonho de uma noite de verão", Helena gosta de Demétrio, que gosta de Hérmia, que gosta de Lisandro... Para resolver essa questão, só com uma poção mágica, que vai causar muita confusão se cair em mãos erradas.

Em situação complicada também está Hamlet, que recebeu uma visitinha do fantasma do pai, assassinado pelo próprio irmão. O pai pede que Hamlet dê um jeito no tio traidor. Só que atender a ordem do fantasma não é tão simples assim...

E, como ordens são tudo que o general Macbeth não quer receber, ele recorre a três bruxas horríveis. E vai fazer de tudo para se tornar rei.

Bem, depois que você desvendar todos esses mistérios, aproveite para conhecer mais sobre Shakespeare e sua obra, no final do livro.

Sumário

Hamlet, príncipe da Dinamarca

Gertrudes, rainha da Dinamarca, tendo se tornado viúva com a morte repentina do rei Hamlet, se casou, em menos de dois meses, com o irmão dele, Cláudio, conhecido por toda a gente da época por sua estranha atitude de indiscrição, insensibilidade ou coisa pior. É que esse Cláudio em nada se parecia com o falecido rei nas qualidades pessoais ou de temperamento: sua aparência física era desprezível, seus modos eram vis e indignos – e não tardou a surgir no espírito de alguns a suspeita de que ele secretamente tinha se livrado do irmão, o finado rei, com o objetivo de se casar com a viúva e subir ao trono da Dinamarca, deixando à margem o jovem Hamlet, filho do rei sepultado, e legítimo sucessor ao trono.

Mas ninguém se sentiu mais duramente atingido pela decisão insensata da rainha do que o jovem príncipe, que amava e venerava a memória de seu pai de tal modo que beirava a idolatria. Dotado de um profundo sentimento de honra e tendo a decência em altíssima conta, foi com pesada amargura que seu coração acolheu aquela conduta indigna de sua mãe Gertrudes. E tanto foi assim que, entre a dor pela morte do pai e a vergonha pelo casamento da mãe, o jovem príncipe mergulhou numa profunda melancolia. Perdeu toda a sua alegria e sua bela aparência. O prazer que encontrava nos livros o abandonou. Os exercícios e os esportes principescos, adequados à sua idade, já não lhe pareciam aceitáveis. Cansou-se do mundo, que lhe parecia um jardim envenenado, onde todas as flores sadias tinham sido sufocadas e nada mais podia crescer além de ervas daninhas. Não que a perspectiva de ser excluído do trono, sua herança legítima, pesasse tanto assim sobre seu espírito, embora isso doesse como uma ferida latejante, indigna e insuportável para um príncipe tão nobre. O que mais o amargurava – e lhe roubava toda a alegria de viver – era o fato de sua mãe ter-se mostrado tão negligente para com a memória de seu pai. E que pai! Que marido amoroso e delicado tinha sido para ela! E ela sempre tinha agido como uma esposa apaixonada e fiel, que se apoiava de tal modo no marido como se sua afeição só existisse para ele. E agora, passados dois meses – ou, como parecia ao jovem Hamlet, menos de dois meses –, ela tinha se casado de novo, tinha se casado com o tio dele, o irmão do finado marido, um casamento em si mesmo altamente impróprio e ilegítimo, em função da proximidade do parentesco, mas tornado ainda mais infame pela pressa indecente com que tinha sido concluído e pelo caráter ignóbil do homem que ela escolhera para compartilhar seu trono e seu leito. Era isso, portanto, mais do que a perda de dez reinos, que mais torturava o espírito e toldava a mente do honrado príncipe.

Era inútil tudo o que sua mãe Gertrudes e o novo rei faziam para tentar diverti-lo. Ele continuava a aparecer na corte em trajes de negro profundo, de luto pela morte do pai, vestes que ele jamais abandonava, nem sequer em atenção à mãe no dia em que ela se casou. Também foi impossível fazer com que participasse de qualquer das festividades ou comemorações daquele dia que lhe parecia pleno de desgraça.

Mas o que perturbava Hamlet acima de tudo era a incerteza sobre o modo como seu pai morrera. Cláudio alardeava que uma serpente havia picado o rei. No entanto, o jovem príncipe tinha a aguda suspeita de que o próprio tio seria essa serpente: falando sem rodeios, Hamlet suspeitava que Cláudio tinha assassinado o próprio irmão para tomar-lhe a coroa. E agora, a serpente que envenenara seu pai se sentava no trono.

Até que ponto essa conjectura estaria correta? Como devia julgar sua mãe? Em que medida ela estava a par daquele assassinato? O crime teria ocorrido com a permissão e o conhecimento dela, ou não? Essas eram as dúvidas que continuamente atormentavam e perseguiam o jovem príncipe.

Então, chegou aos ouvidos de Hamlet o rumor de que um fantasma, em tudo semelhante ao falecido rei seu pai, tinha sido visto pelos soldados à meia-noite durante a vigília, sobre a plataforma diante do palácio, por duas ou três noites seguidas. A figura surgia sempre vestida da cabeça aos pés com a mesma armadura que o falecido rei costumava usar. E aqueles que a tinham visto (e Horácio, amigo íntimo de Hamlet, era um deles) concordavam em seu testemunho sobre a hora e a maneira de sua aparição: que chegava no momento exato em que o relógio batia a meia-noite; que tinha aspecto pálido, com uma fisionomia mais magoada do que furiosa; que sua barba era assustadora, da cor de *marta prateada*[1], como lhe tinham visto em

1. Encontrada no hemisfério norte, a marta é um mamífero semelhante à doninha. Sua pelagem longa e macia é muito valorizada comercialmente.

vida; e nada respondia quando lhe dirigiam a palavra. No entanto, uma vez julgaram que ele erguia a cabeça e se punha em movimento, como se estivesse prestes a falar, mas que naquele instante o galo cantou e o fantasma se encolheu apressadamente e desapareceu de suas vistas.

O jovem príncipe, admirado com aqueles relatos, que concordavam tanto entre si a ponto de não deixar dúvidas, concluiu que os soldados tinham visto o fantasma de seu pai, e tomou a decisão de fazer vigília junto com eles naquela noite, para que pudesse ter uma chance de vê-lo também. Pensava consigo mesmo que aquela aparição não tinha surgido à toa, que o fantasma tinha algo a comunicar e, embora tivesse permanecido mudo até então, certamente falaria com ele. Assim, esperou com impaciência a chegada da noite.

Ao cair da noite, Hamlet assumiu seu posto junto com Horácio e Marcelo, um dos guardas, sobre a plataforma onde a aparição costumava caminhar. Sendo uma noite fria e estando o ar inabitualmente cortante e gélido, Hamlet, Horácio e seu companheiro começaram a falar sobre o clima daquela noite, conversa subitamente interrompida por Horácio, que anunciou que o fantasma vinha surgindo.

Ao ver o espectro de seu pai, Hamlet foi imediatamente tomado pelo espanto e pelo medo. Antes de tudo, invocou a proteção dos anjos e das forças celestiais, pois não sabia se aquele era um espírito bom ou maligno. Mas, pouco a pouco, ganhou mais coragem. Seu pai (pois assim lhe pareceu) olhava para ele de modo tão comovente, como se desejasse conversar com ele, e em todos os aspectos parecia tão semelhante a si mesmo quando vivo que Hamlet não pôde deixar de lhe dirigir a palavra, chamando-o pelo nome: Hamlet, Rei, Pai! Conclamou-o a dizer-lhe a razão

de ter deixado o túmulo, onde o tinham visto em calmo repouso, para retornar e visitar a terra à meia-noite. Rogou-lhe que informasse se havia qualquer coisa que se pudesse fazer para dar paz àquele espírito. O fantasma então acenou para Hamlet, como se quisesse ir com ele a algum lugar onde pudessem estar a sós. Horácio e Marcelo tentaram dissuadir o príncipe de aceitar o convite, pois temiam que aquele pudesse ser um espírito mau, que o arrastaria até o mar vizinho, ou ao topo de algum penhasco perigoso e, ali, assumiria alguma forma tão pavorosa que fizesse o príncipe perder a razão. Mas seus avisos e súplicas não puderam alterar a determinação de Hamlet, que dava muito pouca importância à vida para recear perdê-la. E quanto à sua alma, disse-lhes ele, o que o fantasma poderia fazer, se ela é, em si mesma, algo imortal? Sentindo-se tão ousado quanto um leão, ele se desvencilhou dos companheiros, que fizeram todo o possível para segurá-lo, e seguiu o fantasma aonde quer que o estivesse levando.

E, quando ficaram a sós, o espírito rompeu o silêncio e lhe disse que era o fantasma de Hamlet, seu pai, que tinha sido cruelmente assassinado. Contou-lhe que o crime fora cometido por seu próprio irmão Cláudio (como o príncipe já havia mais que suspeitado), na expectativa de usurpar-lhe o leito e a coroa. Enquanto o rei dormia em seu jardim, como costumava fazer todas as tardes, seu irmão traiçoeiro se esgueirou furtivamente durante seu sono e derramou o sumo peçonhento do meimendro[2] em seu ouvido. Esse veneno é tão abominável à vida humana que, tão rápido quanto o mercúrio, se espalha por todas as veias do corpo, fazendo o sangue cozinhar e espalhando crostas leprosas

2. Planta nativa da Europa cujas folhas contêm um sumo extremamente tóxico.

sobre a pele. Assim, adormecido, e por obra de um irmão, ele fora destituído de sua coroa, de sua rainha e de sua vida. Dito isto, o fantasma ordenou a Hamlet que vingasse aquele crime imundo, se o amor que dedicava ao pai fosse mesmo verdadeiro. Em seguida, lamentou que a mãe de Hamlet tivesse abandonado a virtude a ponto de trair o amor inabalável de seu primeiro marido e casar-se com o assassino. Mas alertou Hamlet: qualquer que fosse a vingança que tramasse contra o tio, de modo algum ele deveria agir com violência contra sua mãe. Que a deixasse ser julgada pelos céus e pelos espinhos e ferrões da consciência. Hamlet jurou obedecer em todos os pontos às instruções do fantasma, e este desapareceu.

Quando se viu sozinho, Hamlet tomou uma solene decisão: tudo o que ele tinha na memória, tudo o que aprendera nos livros ou pela observação, deveria ser imediatamente esquecido, e nada mais viveria em seu cérebro senão a lembrança do que o fantasma lhe dissera e lhe ordenara fazer. Hamlet não contou os detalhes daquela conversa a ninguém mais além de seu querido amigo Horácio. E ordenou que tanto ele quanto Marcelo mantivessem o mais estrito silêncio acerca do que tinham visto naquela noite.

O terror que a visão do fantasma tinha provocado nos sentidos de Hamlet – estando ele já frágil e deprimido antes daquilo – quase desmantelou sua mente e por pouco não o conduziu para além da razão. Temendo que esse efeito pudesse prosseguir, o que poderia sujeitá-lo à observação alheia e deixar o tio apreensivo, caso suspeitasse que o sobrinho estava tramando algo contra ele, ou que sabia realmente mais sobre a morte do pai do que admitia, Hamlet tomou uma estranha decisão: a partir daquele momento, ele fingiria estar realmente e completamente louco.

Acreditava que seria objeto de menos suspeita se o tio pensasse que ele era incapaz de qualquer projeto sério, e que a real perturbação de seu espírito ficaria mais bem encoberta e passaria desapercebida sob o disfarce de uma pretensa demência.

A partir de então, Hamlet passou a exibir maneiras rudes e estranhas de se vestir, de falar e de se comportar, e encarnou tão convincentemente o papel de lunático que o rei e a rainha se deixaram enganar. Sem crer que a dor pela perda do pai podia ser motivo suficiente para produzir tamanho destempero, e por não saber do aparecimento do fantasma, ambos concluíram que a doença de Hamlet era amor, e, assim, julgaram ter descoberto o verdadeiro motivo.

Antes de cair naquele estado de melancolia já mencionado, Hamlet tinha amado ternamente uma nobre donzela chamada Ofélia, filha de Polônio, principal conselheiro do rei em assuntos de Estado. Para ela tinha enviado cartas e anéis, e feito diversas juras de afeição, cercando-a de amor ao modo mais cavalheiresco. Ofélia tinha acreditado naqueles votos tão insistentes. Mas a melancolia em que estava mergulhado ultimamente tinha feito Hamlet dar pouca atenção a Ofélia, e a partir do momento em que decidiu passar por louco, fingiu tratá-la com indelicadeza e uma espécie de grosseria. Mas ela, em sua bondade, em vez de repreendê-lo por lhe ter mentido, se persuadiu de que tudo aquilo se devia à doença de sua mente, que o deixava menos atencioso para com ela do que antes. Ofélia comparava as faculdades mentais de Hamlet, antes tão nobres e dotadas de excelente discernimento – prejudicadas como estavam agora pela profunda melancolia que o oprimia –, com os sinos que são capazes, em si mesmos, da música mais delicada, mas que, se tocados fora do tom ou manipulados rudemente, só produzem um som áspero e desagradável.

Embora a árdua tarefa que Hamlet tinha em suas mãos – vingar a morte do pai – não combinasse com o estado zombeteiro do namoro, nem tivesse como se harmonizar com uma paixão tão vã quanto o amor agora lhe parecia, tudo isso não impedia que suaves pensamentos sobre Ofélia se insinuassem em seu espírito. Num desses momentos, quando julgou que o tratamento que dispensara àquela meiga donzela tinha sido despropositadamente rude, escreveu para ela uma carta repleta de selvagens arroubos apaixonados, e em termos extravagantes, que mostrariam à respeitável jovem que um intenso amor por ela ainda sobrevivia no fundo de seu coração. Propôs que ela duvidasse que as estrelas tinham fogo, que duvidasse que o sol se movia, que duvidasse até mesmo da verdade, mas que nunca duvidasse de seu amor por ela – e outras frases ainda mais extravagantes. Ofélia achou que era seu dever mostrar essa carta ao pai, e o velho conselheiro se sentiu imediatamente obrigado a comunicá-la ao rei e à rainha. Estes, desde logo, passaram a supor que a verdadeira causa da loucura de Hamlet era o amor. E a rainha desejou que a beleza de Ofélia pudesse ser o motivo feliz daquela demência, e, assim, esperava que as virtudes da moça restaurassem o espírito do príncipe e o reconduzissem a seus modos costumeiros, para a honra de ambos.

Mas a doença de Hamlet era mais profunda do que ela supunha, ou para ser curada daquele modo. O fantasma do pai, que ele tinha visto, ainda assombrava sua imaginação, e a promessa sagrada de vingar aquele crime não lhe daria descanso enquanto não estivesse cumprida. Cada hora de atraso lhe parecia um pecado, e uma violação das ordens recebidas do pai. No entanto, conseguir matar o rei Cláudio não era questão fácil, rodeado como sempre estava por seus guardas. E ainda que fosse, a presença da rainha, mãe de Hamlet, que em geral ficava junto do rei, era um obstáculo a seus propósitos, obstáculo que ele não conseguia transpor. Além disso, o simples fato de o usurpador ser o marido de sua mãe já o enchia de algum remorso e ofuscava o brilho de seu propósito. O mero ato de causar a morte de um ser humano era em si mesmo odioso e terrível para uma disposição tão naturalmente delicada quanto a de Hamlet. Sua própria melancolia – e o abatimento de espírito em que se encontrava havia tanto tempo – produzia uma indecisão e uma oscilação de propósitos que o impediam de prosseguir até o extremo. Mais que tudo, ele não conseguia evitar alguns escrúpulos em sua mente sobre se o espírito que tinha visto era de fato seu pai, ou se não poderia ser o demônio que (segundo ele tinha ouvido dizer) tem o poder de assumir qualquer forma que lhe aprouver, somente para tirar proveito de sua fragilidade e de sua melancolia, para induzi-lo a praticar um ato criminoso tão desesperado. Assim, decidiu obter bases mais sólidas do que uma mera visão, ou aparição (que poderia ser um engodo), para enfim agir.

Enquanto se encontrava nesse ânimo indeciso, chegaram à corte alguns atores, que outrora costumavam deliciar Hamlet, sobretudo quando ouvia um deles declamar um monólogo trágico descrevendo a morte do velho Príamo, rei de Troia, e o sofrimento de Hécuba, sua rainha. Hamlet saudou seus velhos amigos, os atores, e se lembrou do quanto aquele monólogo lhe dava prazer no passado. Por isso, pediu ao ator que o repetisse. Ele assim o fez, e de modo extremamente vívido, descrevendo o cruel assassinato do rei velho e fraco, com a destruição de seu povo e sua cidade pelo fogo, a dor alucinada da velha rainha, correndo descalça pelo palácio de um lado para o outro, com um mísero trapo em volta da cabeça onde antes havia uma coroa, e com nada além de um lençol, apanhado às pressas, a envolver-lhe a cintura, onde antes havia uma túnica real. Tão vívida era a representação que não só arrancou lágrimas de todos os que estavam à sua volta, que se sentiam como que presenciando a cena real, como o próprio ator a declamava com voz entrecortada e lágrimas sinceras.

Aquilo deixou Hamlet pensativo. Se aquele ator conseguia se transportar à emoção por causa de um simples monólogo fictício, chorar por alguém que ele nunca tinha visto, chorar por Hécuba, que tinha morrido tantas centenas de anos antes, que insensível ele mesmo era! Ele, Hamlet, que tendo um motivo real para a emoção, um rei de verdade e um pai querido assassinado, estava tão pouco estimulado que sua vingança, até aquele momento, parecia estar adormecida no torpor e na negligência!

Enquanto meditava sobre atores e atuação, e sobre os poderosos efeitos que uma boa peça, representada vividamente, tem sobre o espectador, Hamlet se lembrou de uma ocasião em que um assassino, ao ver um assassinato encenado no palco, ficou tão afetado pela simples força da cena e pela semelhança das circunstâncias que, ali mesmo, confessou o crime que tinha cometido. Assim, ele decidiu que aqueles atores deveriam encenar alguma coisa parecida com o assassinato de seu pai diante de seu tio, enquanto ele observaria atentamente o efeito que aquilo teria sobre Cláudio. Com base em suas reações, Hamlet poderia concluir com mais certeza se ele era ou não o assassino.

Para tanto, mandou que se preparasse uma peça, para cuja representação convidou o rei e a rainha.

O enredo da peça era o assassinato de um duque, ocorrido em Viena. O nome do duque era Gonzaga; o de sua mulher, Batista. A peça mostrava de que modo um certo Luciano, parente próximo do duque, envenenou-o no jardim de sua propriedade, e como o assassino, pouco tempo depois, conquistaria o amor da viúva de Gonzaga.

Na encenação da referida peça, estava presente o rei, que não desconfiava da armadilha montada para ele, junto com a rainha e toda a corte. Hamlet sentou-se atentamente perto dele para observar suas reações. A peça começava com uma conversa entre Gonzaga e a mulher, em que a dama prestava diversos testemunhos de amor, como o de jamais se casar novamente, caso vivesse por mais tempo que o marido. Rogava que uma maldição caísse sobre ela caso viesse a se casar de novo, acrescentando que nenhuma mulher se casa novamente, a não ser as pérfidas, que dão fim à vida de seus primeiros maridos. Hamlet notou que o rei seu tio empalideceu ao ouvir aquelas palavras, que pareciam amargas como absinto[3] para ele e também para a rainha. Mas quando Luciano – conforme a história – veio envenenar Gonzaga, adormecido em seu jardim, a grande semelhança que existia entre aquela cena e seu próprio gesto vil contra o falecido rei, seu irmão, afetou tão duramente a consciência do usurpador que ele não conseguiu assistir o restante da peça. Mandou subitamente acender as luzes de seus aposentos, e, simulando (ou em parte sentindo) algum mal repentino, o rei abruptamente abandonou o teatro.

3. Erva aromática europeia, de propriedades amargas, empregada na produção do licor de alto teor alcoólico.

Com a partida do rei, a peça foi concluída. Agora, Hamlet tinha visto o bastante para se assegurar de que as palavras do fantasma eram verdadeiras e não um engodo. E num arroubo de alegria, como estes que se apoderam de um homem que subitamente se livrou de alguma grande dúvida ou escrúpulo, ele jurou a Horácio que apostaria mil contra um nas palavras do fantasma. Mas, antes que pudesse se dedicir quanto às medidas que tomaria para realizar a vingança – agora que tinha absoluta certeza de que seu tio era o assassino de seu pai –, Hamlet foi chamado pela rainha, sua mãe, para uma conferência particular nos aposentos dela.

Foi por desejo do rei que a rainha mandara chamar Hamlet. Ela devia deixar bem claro ao filho o quanto seu comportamento recente tinha desagradado a ambos. Querendo se informar de tudo o que se dissesse na conferência, e julgando que o relato demasiadamente parcial de uma mãe poderia deixar escapar algumas das palavras de Hamlet (talvez as mais importantes para o rei), Cláudio mandou que Polônio, o velho conselheiro de Estado, se escondesse por trás das cortinas dos aposentos da rainha, onde, sem ser visto, poderia ouvir tudo o que se passasse. Esse artifício se adequava muito bem ao espírito de Polônio, um homem que envelhecera nas artimanhas da política palaciana e que se deliciava com a possibilidade de obter informações por meios dissimulados.

Assim que Hamlet se apresentou à mãe, ela começou a censurá-lo sem rodeios por sua conduta e seu comportamento. Disse que ele tinha feito uma grande ofensa a *seu pai* – referindo-se, deste modo, ao rei Cláudio, tio de Hamlet, que a rainha chamava de *seu pai* por ter-se casado com ela. Hamlet sentiu-se tremendamente indignado ao ouvir a mãe atribuir o título de pai, que lhe era tão querido e honorável, a um calhorda que não passava do assassino de seu verdadeiro pai. Por isso, replicou asperamente:

– Mãe, *a senhora* é que ofendeu muito o *meu pai*.

A rainha replicou que aquilo não passava de uma resposta vazia.

– É a resposta que sua pergunta merecia – rebateu Hamlet.

A rainha perguntou se ele tinha se esquecido quem era aquela pessoa com quem estava falando.

– Infelizmente não! – respondeu Hamlet. – Gostaria de poder esquecer. A senhora é a rainha, esposa do irmão de seu marido. E é minha mãe. Quem me dera não fosse!

– Se é assim, se me devota tão pouco respeito, vou mandar vir alguém que possa falar com você – disse a rainha, disposta a chamar o rei ou Polônio.

Mas Hamlet não a deixaria sair. Agora que estava a sós com a mãe, enquanto não tentasse, com suas palavras, fazê-la dar-se conta da vida indigna que ela estava levando. Assim, tomando-a pelo punho, segurou-a com firmeza, obrigando-a a se sentar. A rainha, assustada com aquele comportamento rude, e temendo que ele, em sua demência, lhe causasse algum mal, pôs-se a gritar. Uma voz, então, se fez ouvir por detrás da cortina:

– Socorro! Socorro! Acudam a rainha!

Ao ouvir essas palavras, e acreditando tratar-se do próprio rei ali escondido, Hamlet desembainhou a espada e estocou bem no ponto de onde a voz se pronunciara, exclamando:

– O que é isso? Um rato?

Quando a voz se calou, ele deduziu que a pessoa estava morta.

– Santo Deus! – exclamou a rainha. – Que ação precipitada e sanguinária a sua!

– Uma ação sanguinária, mãe – replicou Hamlet –, mas não tão cruel quanto a sua, que matou um rei e se casou com o irmão dele.

Hamlet tinha ido longe demais para se deter então. Estava disposto a falar francamente com a mãe, e prosseguiu. Embora os erros cometidos pelos pais devam ser tratados com delicadeza pelos filhos, no caso de grandes crimes, no entanto, o filho deve ter permissão de falar com severidade até mesmo à sua própria mãe, pois nisso há a intenção de fazer o bem e de desviá-la de sua conduta indigna, e não de ser uma mera repreensão. E aquele príncipe virtuoso mostrou à rainha, em termos comoventes, a atrocidade de sua ofensa ao negligenciar a memória do rei, pai de Hamlet, e em tão breve espaço de tempo casar-se com o cunhado, suspeito de ser o assassino. Uma ação que mancha a graça e o rubor da modéstia, que transforma a virtude em falsidade, muda as rosas da fronte prazenteira do amor puro em chaga repugnante, e os juramentos dos cônjuges em pragas de viciados. Uma ação que faz da religião uma zombaria e um mero palavrório. Hamlet foi além: disse que ela cometera um ato tão infame que o próprio céu corava de vergonha e a terra se mostrava enojada.

O príncipe mostrou à mãe dois retratos, um do falecido rei e o outro, do rei atual, marido dela. Rogou-lhe que observasse as diferenças. Quanta graça havia no semblante de seu pai, o quanto ele se parecia com um deus! Os cachos de Apolo, a fronte de Júpiter, os olhos de Marte e uma atitude como a de Mercúrio pousado no topo de alguma colina altaneira! Este homem, disse Hamlet, *tinha sido* o marido dela. Em seguida, apontou para o retrato daquele por quem ela o substituíra: ele se parecia com uma erva daninha, um punhado de mofo, pois tinha envenenado o próprio irmão. E a rainha se sentiu tão pungentemente envergonhada que, se contemplasse a própria alma, ela a veria negra e deformada.

Hamlet então lhe perguntou como ela podia continuar vivendo com aquele homem, e servir-lhe de esposa, um homem que tinha assassinado seu primeiro marido e obtido a coroa por caminhos tortuosos, como um ladrão. E enquanto ele falava, o fantasma de seu pai – tal como tinha sido em vida, tal como Hamlet o tinha visto recentemente – entrou no aposento. Hamlet, em grande terror, perguntou o que desejava. E o fantasma disse que viera recordar-lhe da vingança que fora prometida, e que Hamlet parecia ter esquecido. Rogou também que falasse com a mãe, pois o sofrimento e o terror em que ela se encontrava poderiam matá-la. Em seguida, desapareceu, sem ter sido visto por ninguém mais além de Hamlet. Por mais que apontasse para onde o fantasma estivera, por mais que o descrevesse, sua mãe nada podia ver, e ficou tremendamente assustada enquanto ele parecia falar sozinho, como um louco. De fato, ela só pôde atribuir tal comportamento à demência do filho. Mas Hamlet suplicou para que ela não bajulasse a própria alma de modo a pensar que era a loucura dele, e não as ofensas por ela praticadas, que tinha trazido o espírito do pai de volta à terra. Disse a ela que lhe tomasse o pulso, para ver que suas batidas eram as de um homem sensato, e não de um demente. Suplicou-lhe, em lágrimas, que se confessasse aos céus pelo que tinha havido e que, no futuro, evitasse a companhia daquele rei, e não fosse mais sua esposa. Então, quando ela se mostrasse uma mãe para ele, respeitando a memória de seu pai, ele voltaria a lhe pedir a bênção como um filho. Ela prometeu seguir nessa direção, e a conversa terminou.

Somente então Hamlet estava calmo o bastante para examinar quem ele tinha matado em sua desafortunada precipitação. Quando se deu conta de que era Polônio, o pai de Ofélia, a quem ele amava tão ternamente, Hamlet escondeu o cadáver e, com o espírito agora um pouco mais tranquilo, chorou pelo que tinha feito.

A desventurada morte de Polônio deu ao rei a desculpa necessária para expulsar Hamlet do reino. De bom grado ele teria matado o príncipe, por considerá-lo perigoso. Mas temia o povo, que amava Hamlet, e a rainha que, apesar de todas as suas falhas, era devotada ao filho. Assim, aquele rei astuto, sob o pretexto de garantir a segurança de Hamlet, para que não tivesse de prestar contas da morte de Polônio, decidiu que o príncipe seria levado a bordo de um navio de partida para a Inglaterra, sob os cuidados de dois cortesãos, com os quais enviou cartas para a corte inglesa que, naquela época, estava sujeita a pagar tributo à Dinamarca. Nas cartas, alegando motivos especialmente forjados, exigia que Hamlet fosse morto tão logo pisasse o solo inglês. Durante a madrugada, Hamlet, suspeitando alguma traição, conseguiu acesso às cartas. Habilidosamente, apagou seu nome e, em seu lugar, escreveu os nomes dos dois cortesãos que deveriam se encarregar dele, para que esses fossem mortos. Então, selou as cartas e devolveu-as a seu lugar.

Pouco depois, o navio foi atacado por piratas, e iniciou-se uma batalha naval. Ansioso por demonstrar seu valor, Hamlet, empunhando a espada, saltou sozinho a bordo do navio inimigo, enquanto seu próprio barco, do modo mais covarde, se afastava, deixando-o entregue a seu destino. Os dois cortesãos conseguiram chegar à Inglaterra, levando aquelas cartas cujas palavras Hamlet tinha alterado para que os dois vilões recebessem o castigo merecido.

Os piratas, que tinham o príncipe em seu poder, revelaram ser inimigos muito gentis. Sabendo quem era aquele prisioneiro, e na esperança de que o príncipe intercederia por eles na corte como recompensa se lhe fizessem algum favor, os piratas deixaram Hamlet desembarcar no porto dinamarquês mais próximo. Daquele lugar Hamlet escreveu ao rei, comunicando-lhe a estranha sorte que o tinha trazido de volta a seu país, e dizendo que no dia seguinte ele se apresentaria diante do tio. Quando chegou em casa, a primeira coisa que seus olhos contemplaram foi um tristíssimo espetáculo.

Era o funeral da jovem e bela Ofélia, sua amada de outrora. A mente da donzela tinha começado a tresvariar desde a morte inesperada de seu pai. O fato de ter sido uma morte violenta, e pelas mãos do príncipe a quem ela amava, afetou de tal modo a jovem que, em brevíssimo tempo, ela ficou completamente perturbada. Saía distribuindo flores às damas da corte, dizendo que eram para o funeral do pai, entoando canções de amor e de morte, e às vezes canções totalmente disparatadas, como se não fizesse ideia nenhuma do que se passava ao seu redor. Havia um salgueiro que se inclinava sobre um riacho, refletindo suas folhas na correnteza. Certo dia, quando ninguém a observava, Ofélia se dirigiu àquele riacho, com grinaldas que ela mesma fizera, de margaridas misturadas com urtigas, flores e ervas daninhas reunidas. Escalando o salgueiro para em seus ramos pendurar uma grinalda, um galho se quebrou, precipitando a jovem, a grinalda e tudo o que ela trazia para dentro da água, onde suas roupas a mantiveram flutuando por algum tempo, durante o qual ela entoou refrões de velhas cantigas, como alguém insensível à própria desgraça, ou como se fosse uma criatura afeita àquele elemento. Mas não demorou muito para que suas vestes, encharcadas, a arrastassem de sua cantoria melodiosa para uma morte lamacenta e lastimável.

Era o funeral dessa jovem que seu irmão, Laertes, estava solenizando, na presença do rei, da rainha e de toda a corte, quando Hamlet chegou. Já sabia o que representava aquela congregação, mas se manteve à parte, sem pretender interromper a cerimônia. Viu as flores espalhadas sobre o túmulo, como era o costume em enterros de donzelas, lançadas pela própria rainha:

– Flores para uma flor! Eu pensei que enfeitaria teu leito nupcial, doce menina, nunca o teu túmulo. Devias ter sido a esposa do meu filho Hamlet.

O príncipe ouviu o irmão de Ofélia desejar que naquele túmulo brotassem violetas. E viu-o atirar-se dentro da cova, alucinado de dor, e pedir aos presentes que lançassem montes de terra sobre ele, para que fosse sepultado junto com a irmã. Então, o amor de Hamlet por aquela jovem voltou a se apoderar dele, e não pôde suportar que um irmão pudesse exibir tamanho arroubo de dor, pois ele acreditava que seu amor por Ofélia valia mais que o de quarenta mil irmãos. Assim, descobrindo o rosto, ele saltou dentro da cova onde estava Laertes, tão alucinado ou mais alucinado que ele. Laertes, reconhecendo Hamlet, que tinha sido o causador da morte de seu pai e de sua irmã, agarrou-lhe o pescoço como um inimigo, até que os presentes os separaram. Hamlet, depois do funeral, se desculpou por seu ato precipitado de se lançar dentro da cova como que para desafiar Laertes. Mas disse que não podia suportar que ninguém mais parecesse ultrapassá-lo em dor pela morte da linda Ofélia. E, por algum tempo, aqueles dois jovens pareceram reconciliados.

Mas, valendo-se da dor e da raiva de Laertes pela morte do pai e de Ofélia, o pérfido rei, tio de Hamlet, tramou a destruição do sobrinho. Convenceu Laertes, sob pretexto de fazer as pazes, a desafiar Hamlet para um duelo amistoso de esgrima. Com a aceitação de Hamlet, marcou-se um dia para a disputa. Na hora do duelo, toda a corte estava presente, e Laertes, orientado pelo rei, preparou uma arma envenenada. Altas apostas foram feitas pelos membros da corte, pois tanto Hamlet quanto Laertes eram conhecidos por sua excelência no manejo da espada. Hamlet escolheu um florete, sem nada suspeitar da traição de Laertes, nem tendo o cuidado de examinar a arma de Laertes que, no lugar de um florete ou de uma espada cega – como exigem as leis da esgrima –, se serviu de uma espada afiada e com a ponta envenenada.

No princípio, Laertes apenas brincou com Hamlet, e permitiu que ele obtivesse algumas vantagens, que o rei, dissimulado, exaltava e louvava de modo exagerado, bebendo ao sucesso de Hamlet e apostando somas elevadas no sobrinho. No entanto, depois de algumas pausas, Laertes, cada vez mais excitado, desferiu uma estocada mortal em Hamlet com a espada envenenada. Hamlet se enfureceu, mas, sem saber até onde ia a traição, no meio da rixa conseguiu trocar seu florete inofensivo pela espada letal de Laertes e, num golpe certeiro com a própria arma do rival, pagou-lhe com a mesma moeda, fazendo Laertes cair na própria armadilha traiçoeira. Nesse instante, a rainha gritou que tinha sido envenenada. Inadvertidamente, ela tinha bebido numa taça que o rei havia preparado para Hamlet se ele, no calor da luta, pedisse algo para beber. Naquela taça, o pérfido rei tinha derramado um veneno mortal para livrar-se de Hamlet, caso Laertes falhasse. Mas tinha se esquecido de alertar sobre a taça à rainha que, bebendo dela, morreu imediatamente, exclamando em seu último alento que fora envenenada.

Hamlet, suspeitando de alguma cilada, mandou que as portas fossem trancadas, enquanto buscava descobrir o que estava ocorrendo. Laertes lhe disse então que cessasse a busca, porque ele era o traidor. Sentindo que sua vida se esvaía pela ferida que Hamlet lhe causara, confessou o ardil de que tinha se valido e de como tinha caído vítima dele. Contou sobre a espada envenenada e disse que Hamlet tinha menos de meia hora de vida, pois nenhum remédio poderia salvá-lo. E, pedindo perdão a ele, Laertes morreu, com suas últimas palavras acusando o rei de ser o mentor daquele ardil. Quando Hamlet viu seu fim aproximar-se, e sobrando ainda algum veneno na espada, voltou-se subitamente para o tio e enterrou a ponta da espada em seu coração, cumprindo a promessa que fizera ao espírito de seu pai de vingar sua morte indigna dando fim à vida de seu assassino.

Hamlet então, sentindo esgotar-se seu fôlego e dissipar-se sua vida, voltou-se para seu caro amigo Horácio, que tinha presenciado toda aquela infeliz tragédia. E, em seu último suspiro, pediu a ele que permanecesse vivo para contar sua história ao mundo (pois Horácio fizera menção de se matar para acompanhar o príncipe na morte). Horácio prometeu fazer um relato verdadeiro, como alguém que tinha participado de todas as circunstâncias. E assim, satisfeito, o nobre coração de Hamlet estancou. Horácio e os demais presentes, com muitas lágrimas, recomendaram o espírito daquele príncipe meigo à proteção dos anjos. Pois Hamlet era um príncipe amoroso e gentil, e muito amado por suas diversas qualidades nobres e principescas. E, se tivesse vivido, sem dúvida teria provado ser um digno e valoroso rei da Dinamarca.

Sonho de uma noite de verão

Havia uma lei na cidade de Atenas que permitia a seus cidadãos forçar suas filhas a se casarem com alguém da escolha do pai; se a filha se recusasse a desposar o tal homem escolhido para ser seu marido, a lei permitia que o pai mandasse executar a filha. No entanto, como é estranho que os pais desejem a morte das próprias filhas, mesmo que elas se mostrem um pouco teimosas, essa lei nunca ou quase nunca era posta em prática, embora as mocinhas daquela cidade frequentemente fossem ameaçadas pelos pais com os horrores da lei.

Houve uma ocasião, no entanto, em que um ancião, chamado Egeu, se apresentou diante de Teseu (que naquela época era o duque que governava Atenas) para se queixar de que sua filha, Hérmia, a quem ele ordenara casar-se com Demétrio (um jovem de nobre família ateniense), se recusava a obedecer, pois estava apaixonada por outro jovem ateniense, chamado Lisandro. Egeu exigia justiça de Teseu e queria que aquela lei cruel fosse executada contra a própria filha.

Para justificar sua desobediência, Hérmia alegou que Demétrio outrora tinha confessado seu amor por Helena, grande amiga de Hérmia, e que Helena amava Demétrio quase à loucura. Mas esse motivo tão honrado que Hérmia dava para não obedecer às ordens do pai em nada comoveu o inflexível Egeu.

Teseu, embora fosse um governante bom e misericordioso, não tinha o poder de alterar as leis de sua cidade. Assim, tudo o que pôde fazer foi conceder a Hérmia um prazo de quatro dias para refletir. No final desse prazo, se ainda se recusasse a desposar Demétrio, ela seria executada.

Quando Hérmia foi dispensada da presença do duque, dirigiu-se a seu amado Lisandro e lhe contou do perigo que corria, e que só lhe restava desistir dele e casar-se com Demétrio ou perder a vida em quatro dias.

Lisandro ficou muito aflito ao ouvir coisas tão más. Lembrou-se, porém, que tinha uma tia que vivia a alguma distância de Atenas e que no lugar onde ela morava a lei cruel não podia ser aplicada contra Hérmia (essa lei não se estendia para além dos limites da cidade de Atenas). Assim, propôs a Hérmia que fugisse aquela noite da casa do pai e fosse com ele para a casa da tia, onde se casariam.

– Eu te encontrarei no bosque a algumas milhas da cidade – disse Lisandro –, naquele bosque delicioso onde tantas vezes passeamos com Helena no agradável mês de maio.

Hérmia concordou alegremente com aquele plano. Não contou a ninguém sobre aquela fuga, exceto a Helena, sua amiga. Helena (como as moças que fazem tolices por causa do amor) mesquinhamente relatou tudo a Demétrio, embora não pudesse esperar obter nenhum benefício ao trair o segredo da amiga exceto ter o mísero prazer de seguir seu amado infiel até o bosque, pois bem sabia que Demétrio para lá iria no encalço de Hérmia.

O bosque onde Lisandro e Hérmia haviam combinado se encontrar era o lugar predileto desses pequenos seres conhecidos pelos nomes de fadas e elfos. Oberon, o rei, e Titânia, a rainha das fadas, com todo o seu séquito de pequenas criaturas, naquele bosque faziam suas festas noturnas.

Entre aquele pequeno rei e a rainha dos duendes tinha havido, naquela ocasião, uma séria desavença. Tão logo se encontravam à luz do luar nas trilhas sombreadas daquele bosque ameno, punham-se a brigar de tal modo que as fadas e os elfos, de medo, corriam a se esconder dentro das bolotas de carvalho.

A causa daquela triste discórdia era a recusa de Titânia de entregar a Oberon um menininho, cuja mãe tinha sido amiga de Titânia. Com a morte da mãe, a rainha das fadas tinha roubado o menino de sua ama e trouxera-o para viver nos bosques.

Na noite em que os amantes deveriam se encontrar naquele bosque, Titânia passeava com algumas de suas damas de companhia quando topou com Oberon, seguido de seus elfos cortesãos.

– Um mau encontro sob o luar, orgulhosa Titânia – disse o rei dos elfos.

A rainha replicou:

– Como, ciumento Oberon, então é você? Fadas, vamos embora! Eu não frequento mais seu leito nem sua companhia.

– Fique, fada atrevida – disse Oberon –, não sou eu o seu senhor? Como ousa desviar-se de mim? Entregue-me o menininho para ser meu pajem.

– Não inquiete seu coração – disse a rainha. – Todo o seu reino de fadas não pode comprar o menino de mim.

Isso deixou o rei enfurecido.

– Muito bem, vá, parta – disse Oberon. – Antes que a manhã desponte, você me pagará por essa ofensa.

Oberon mandou então chamar Puck, seu elfo favorito e conselheiro particular. Puck (também às vezes chamado o Bom Tordo) era um duende astuto e malicioso, que costumava fazer travessuras divertidas nas aldeias vizinhas. Às vezes entrava nos currais para tirar a nata do leite; ou mergulhava sua forma aérea e leve dentro da desnatadeira e, enquanto executava sua dança fantástica dentro do aparelho, em vão a moça leiteira se esforçava para mudar a nata em manteiga. Os moços da aldeia também não eram poupados. Toda vez que Puck decidia fazer traquinagens na cervejaria, não havia jeito da cerveja não estragar. Quando alguns bons amigos se reuniam, despreocupados, para tomar um pouco de cerveja, Puck saltava dentro do tonel na forma de um caranguejo assado, e quando alguma velhota ia beber, ele se pendurava em seus lábios e derramava a cerveja sobre seu queixo pálido. E logo depois, quando a mesma senhora tentava sentar-se gravemente para contar às vizinhas um caso triste e melancólico, Puck puxava seu banquinho de três pernas, fazendo desabar a pobre velhota, enquanto as comadres fofoqueiras se seguravam para não explodir em gargalhadas, jurando nunca terem passado uma hora mais divertida.

– Venha cá, Puck – disse Oberon a seu pequeno vagabundo noturno. – Traga-me a flor que as donzelas chamam de *amor-perfeito*. O sumo dessa florzinha púrpura, derramado nas pálpebras da pessoa adormecida, faz com que, ao despertar, se apaixone pelo primeiro ser que ela veja. Vou pingar um pouco desse sumo nas pálpebras da minha Titânia quando estiver dormindo: assim, ela se tomará de amores pela primeira coisa que seus olhos virem ao despertar, mesmo que seja um urso ou um leão, um macaco insolente ou um mico atarefado. E antes que eu lhe retire dos olhos esse encantamento, com uma outra poção que conheço, vou fazer com que me entregue aquele menino para ser meu pajem.

Puck, que simplesmente adorava travessuras, ficou excitadíssimo com aquela artimanha planejada por seu amo e correu à procura da tal flor. Enquanto aguardava o retorno de Puck, Oberon viu que Demétrio e Helena entravam no bosque. Ouviu Demétrio censurar Helena por tê-lo seguido e, depois de muitas palavras rudes da parte dele, e muitos protestos delicados de Helena, que recordava a ele seu amor passado e as profissões de fé dirigidas a ela, Demétrio a deixou (como ele mesmo disse) à mercê das feras selvagens, e ela correu atrás dele tão depressa quanto podia.

O rei dos elfos, que sempre foi amigo dos amantes verdadeiros, sentiu grande compaixão por Helena. E talvez, como Lisandro disse que costumavam caminhar ao luar naquele bosque agradável, Oberon tivesse visto Helena naqueles dias felizes em que era amada por Demétrio. Seja como for, quando Puck retornou com a pequena flor púrpura, Oberon disse a seu elfo favorito:

– Pegue uma parte desta flor. Há uma meiga jovem ateniense por aqui, apaixonada por um rapaz desdenhoso. Se você o encontrar dormindo, pingue algumas gotas do sumo do amor em seus olhos, mas cuide para fazer isso quando ela estiver perto dele, para que a primeira coisa que ele veja ao despertar seja essa dama desprezada. Você reconhecerá o rapaz pelas roupas atenienses que ele usa.

Puck prometeu se encarregar com destreza daquela missão. Oberon, então, se dirigiu, sem ser visto por Titânia, até o canteiro onde ela se preparava para dormir. Esse canteiro mágico era um lugar onde cresciam o tomilho silvestre, prímulas e doces violetas, sob um dossel de madressilva, rosas-almiscaradas e buganvílias. Ali Titânia sempre dormia uma parte da noite. Seu cobertor era a pele de uma serpente esmaltada que, embora fosse um manto curto, era largo o bastante para encobrir uma fada.

Encontrou Titânia dando ordens às suas fadas, o que deviam fazer enquanto estivesse dormindo.

– Algumas de vocês – disse a rainha – devem matar os parasitas dos botões de rosa; outras devem travar batalha contra os morcegos para arrancar-lhes as asas de couro, para fazer casacos para os pequenos elfos; e outras devem manter vigília para que a coruja barulhenta, que pia a noite toda, não se aproxime de mim. Mas, antes de tudo, cantem para eu dormir.

As fadas então se puseram a cantar:

– Ó cobra pintada, ouriço espinhento,
escondam-se bem, neste exato momento!
Que longe se vá, salamandra daninha,
pra que durma em paz a nossa rainha!
E que o rouxinol, com seu múltiplo canto,
embale Titânia num meigo acalanto...
Nenhum sortilégio jamais se aproxime
de nossa rainha em seu sono sublime!

Depois de adormecer sua rainha com aquela doce melodia, as fadas partiram a fim de cumprir as importantes tarefas de que Titânia as encarregara. Oberon, então, delicadamente aproximou-se dela e pingou um pouco do sumo do amor sobre as suas pálpebras, sussurrando:

– Que o teu coração enlouqueça de amor pelo primeiro ser que teus olhos virem ao despertar...

Mas vamos voltar a Hérmia, que conseguiu escapar da casa do pai naquela noite para evitar a morte que lhe estava reservada por se recusar a desposar Demétrio. Ao entrar no bosque, encontrou seu querido Lisandro à sua espera para conduzi-la à casa da tia. No entanto, antes que tivessem cruzado metade do bosque, Hérmia estava tão cansada que Lisandro – sempre muito cuidadoso com sua amada, que tinha provado sua afeição a ponto de arriscar a vida por causa dele – persuadiu-a a descansar até o amanhecer sobre um canteiro de musgo macio. Ele também se deitou sobre a relva a pequena distância dela, e ambos logo adormeceram. Ali foram encontrados por Puck. Vendo um belo rapaz adormecido, cujas roupas eram feitas à moda de Atenas, e uma linda moça deitada perto dele, concluiu que aqueles deviam ser a jovem ateniense e seu amado desdenhoso que Oberon lhe ordenara buscar. De modo bastante natural, ele supôs que, por estarem juntos e sozinhos, ela seria a primeira coisa que ele veria ao acordar. Assim, sem mais demora, Puck derramou um pouco do sumo da pequena flor púrpura sobre os olhos de Lisandro.

Ocorreu, no entanto, que Helena passou por aquele caminho e, em vez de Hérmia, ela foi a primeira visão que Lisandro teve ao abrir os olhos. E, coisa estranha de contar, tão poderoso era aquele encantamento que todo o amor de Lisandro por Hérmia evaporou-se e ele se apaixonou perdidamente por Helena.

Se ele tivesse visto Hérmia ao despertar, o engano cometido por Puck não teria tido a menor consequência, pois não havia como Lisandro amar ainda mais fielmente a Hérmia. No entanto, era realmente um terrível azar que Lisandro fosse obrigado, por uma magia de fada, a esquecer seu amor sincero por Hérmia e correr atrás de outra moça, deixando Hérmia adormecida e só num bosque no meio da noite.

E assim aconteceu esse infortúnio. Helena, como já foi dito, se esforçava por seguir Demétrio depois que ele tão rudemente a tinha abandonado. Mas ela não conseguia prosseguir naquela corrida desigual, já que os homens sempre são melhores corredores em longos percursos do que as mulheres. Helena logo perdeu Demétrio de vista. E enquanto vagava sem rumo, desalentada e infeliz, chegou ao ponto onde Lisandro dormia. “Ah! Aqui está Lisandro”, pensou ela. “Estará morto ou adormecido?” Então, tocando-o delicadamente, ela disse:

– Bom Lisandro, se estiver vivo, acorde.

Com isso, o rapaz abriu os olhos e (sob o efeito instantâneo do encantamento) imediatamente se dirigiu a ela em termos de extravagante amor e admiração, dizendo-lhe que sua beleza ultrapassava a de Hérmia como a de uma pomba ultrapassa a de um corvo, e que ele atravessaria o fogo por causa dela, e muitos outros discursos igualmente apaixonados. Helena, sabendo que Lisandro era a paixão de sua amiga Hérmia, e que estava solenemente comprometido a se casar com ela, ficou furiosíssima ao ouvir aquelas declarações. Julgou (como era natural) que Lisandro estava caçoando dela.

– Oh! – exclamou. – Por que tive de nascer para ser escarnecida e ridicularizada por todos? Já não basta, já não basta, Lisandro, eu jamais conseguir um olhar meigo ou uma palavra gentil de Demétrio? Ainda tenho de ouvir você fingir cortejar-me dessa maneira desdenhosa? Eu pensava, Lisandro, que você fosse um cavalheiro de modos mais dignos.

Dizendo essas palavras com muita raiva, ela fugiu. Lisandro saiu atrás dela, totalmente esquecido de sua Hérmia, que ainda dormia.

Quando Hérmia despertou, sentiu grande medo ao se encontrar sozinha. Vagou pelo bosque, sem saber o que tinha acontecido com Lisandro nem que direção tomar para segui-lo. Enquanto isso, Demétrio, incapaz de encontrar Hérmia e Lisandro, e cansado de sua busca infrutífera, logo pegou no sono, observado por Oberon. O rei dos elfos tinha descoberto, ao fazer algumas perguntas a Puck, que este aplicara o feitiço de amor nos olhos da pessoa errada. Agora que tinha encontrado a pessoa certa, tocou as pálpebras do adormecido Demétrio com o sumo do amor, e o rapaz imediatamente despertou. A primeira coisa que viu foi Helena e, assim, tal como Lisandro já tinha feito antes, Demétrio começou a dirigir declarações de amor à moça. Justamente naquele momento, apareceu Lisandro, seguido por Hérmia (pois agora, por causa do infeliz engano de Puck, era a vez de Hérmia correr atrás de seu amado). E logo Lisandro e Demétrio, falando ao mesmo tempo, juravam seu amor por Helena, já que estavam ambos sob o efeito do mesmo poderoso encantamento.

A atônita Helena imaginou que Demétrio, Lisandro e sua querida amiga Hérmia haviam combinado de lhe pregar uma peça.

Hérmia estava tão espantada quanto Helena. Não entendia por que Lisandro e Demétrio, que até então diziam amá-la, agora se declaravam tão apaixonados por Helena. E para Hérmia aquilo não tinha a menor graça.

As moças, que até então eram a melhor amiga uma da outra, começaram a se ofender com duras palavras.

– Maldosa Hérmia – disse Helena –, foi você quem armou para que Lisandro me envergonhasse com esses louvores de zombaria. E seu outro amado, Demétrio, que ainda há pouco quase me pisoteava com seu desprezo, não foi você quem o seduziu para que me chamasse de deusa, ninfa, rara, preciosa e celestial? Ele jamais me falaria desse modo, a mim, que ele odeia, se você não o tivesse convencido a fazer troça de mim. Maldosa Hérmia, juntar-se a homens para caçoar de sua pobre amiga! Esqueceu-se da nossa amizade dos tempos de escola? Quantas vezes, Hérmia, nós duas, sentadas na mesma almofada, cantando a mesma canção, com nossas agulhas sobre a mesma flor, trabalhamos juntas no mesmo bordado? Não crescemos juntas, como duas cerejas no mesmo talo, praticamente inseparáveis? Hérmia, onde está sua amizade, onde está sua dignidade feminina, para juntar-se a homens e zombar de sua pobre amiga?

– Fico surpresa com suas palavras arrebatadas – disse Hérmia. – Não estou zombando de você; você é que parece zombar de mim.

– Muito bem – replicou Helena –, continue, finja esse olhar sério, e faça caretas para mim quando eu lhe der as costas. Pisquem um para o outro e continuem sua caçoada. Se você tivesse o mínimo de piedade, gentileza ou modos, não me usaria dessa maneira.

Enquanto Helena e Hérmia trocavam aquelas palavras enraivecidas, Demétrio e Lisandro se afastaram delas para duelarem no bosque pelo amor de Helena. As moças, ao verem que os rapazes as tinham deixado, também partiram, e mais uma vez vagaram pelo bosque à procura de seus amados.

Tão logo todos se foram, o rei dos elfos, que tinha ouvido aquelas disputas junto com Puck, disse a este:

– Isso foi desleixo seu, Puck, ou foi por querer?

– Acredite-me, senhor das sombras – respondeu Puck –, foi um engano. O senhor não me disse que eu reconheceria o rapaz por suas roupas de ateniense? Mesmo assim, não me arrependo que isso tenha acontecido, pois acho o bate-boca deles uma diversão excelente!

– Você ouviu – disse Oberon – que Demétrio e Lisandro saíram para buscar um lugar conveniente para lutar. Ordeno que você encubra a noite com uma névoa espessa, e deixe esses amantes rivais tão perdidos na escuridão que sejam incapazes de encontrar um ao outro. Imite a voz de cada um junto do outro e, com insultos ferinos, faça com que sigam você, pensando que estão ouvindo a voz de seu oponente. Cuide de fazer isso até que fiquem tão cansados que não possam ir mais longe. E, quando julgar que estão adormecidos, pingue o sumo desta outra flor nos olhos de Lisandro, para que, ao acordar, se esqueça de seu recente amor por Helena e retorne à sua antiga paixão por Hérmia. Assim, cada uma das gentis donzelas ficará feliz com o homem a quem ama, e pensarão que tudo o que aconteceu não passou de um sonho aborrecido. Vá cuidar disso depressa, Puck, enquanto eu vou ver que novo amor ardente minha Titânia encontrou.

Titânia ainda estava dormindo. Oberon viu um palhaço perto dela, que tinha se perdido no meio do bosque e também adormecera. "Esse camarada", pensou ele, "será o novo amor de minha Titânia". Batendo as mãos, Oberon fez surgir uma cabeça de asno sobre os ombros do pobre adormecido. Embora a transformação tenha sido feita com todo cuidado, isso despertou o rapaz, que se levantou, sem saber do que Oberon lhe fizera, e caminhou rumo ao canteiro onde dormia a rainha das fadas.

– Oh! Que espécie de anjo é este que vejo? – disse Titânia, abrindo os olhos, com o sumo da flor púrpura já fazendo seu efeito. – Você é tão sábio quanto é bonito?

– Qual nada, minha senhora – respondeu o palhaço –, quem me dera eu fosse esperto o bastante para achar a saída deste bosque...

– Não deseje sair deste bosque – disse a rainha, enamorada. – Eu sou um espírito de estirpe incomum. Eu amo você. Venha comigo, e eu lhe darei elfos para servi-lo.

Ela então chamou quatro de seus elfos. Seus nomes eram Flor de Ervilha, Teia de Aranha, Mariposa e Semente de Mostarda. Disse-lhes então a rainha:

– Sirvam a este doce cavalheiro. Saltem em seu caminho e deem cambalhotas à sua vista. Alimentem-no com uvas e abricós, roubem para ele os favos de mel das abelhas. – E voltando-se para ele: – Venha, sente-se comigo, para que eu alise suas adoráveis bochechas peludas, meu lindo asno! Deixe-me beijar essas longas orelhas, minha doce alegria!

– Onde está Flor de Ervilha? – perguntou o palhaço com cabeça de asno, sem dar muita importância aos galanteios da rainha, mas muito orgulhoso de seus novos serviçais.

– Aqui, senhor – disse o pequeno Flor de Ervilha.

– Coce minha cabeça – mandou o palhaço. – Onde está Teia de Aranha?

– Aqui, senhor – disse Teia de Aranha.

– Caro senhor Teia de Aranha – disse o bobo –, mate a abelha pousada naquele cardo e traga-me seu favo de mel. Não se afobe demais nessa tarefa, senhor Teia de Aranha, para que o favo não se rompa. Eu me lamentaria muito ver o senhor lambuzado de mel. Onde está Semente de Mostarda?

– Aqui, senhor – respondeu Semente de Mostarda. – Qual é seu desejo?

– Nenhum, meu bom senhor Semente de Mostarda – disse o palhaço. – Quero apenas que ajude o senhor Flor de Ervilha a me coçar. Preciso ver um barbeiro, senhor Semente de Mostarda, pois me parece que estou com o rosto muito cabeludo.

– Meu doce amor – disse Titânia –, o que deseja comer? Posso mandar uma fada venturosa vasculhar o celeiro do esquilo e lhe trazer algumas nozes frescas.

– Eu prefiro um pouco de ervilhas secas – disse o palhaço, que com sua cabeça de asno tinha agora um apetite de asno. – Mas, peço-lhe, não deixe que ninguém de sua companhia me perturbe, pois estou com grande vontade de dormir.

– Durma, então – disse a rainha –, e eu o envolverei em meus braços. Oh, como eu amo você! Como estou apaixonada por você!

Quando o rei dos elfos viu o palhaço dormindo nos braços de sua rainha, avançou para que ela o visse e censurou-a por ter desperdiçado tantos favores com um asno.

Isso ela não podia negar, já que o palhaço agora dormia em seus braços, com sua cabeça de asno coroada, pela rainha, com uma grinalda de flores.

Depois de ter zombado dela por algum tempo, Oberon voltou a pedir que lhe entregasse o menino para ser seu pajem. Titânia, envergonhada por ter sido descoberta por seu senhor com um novo amante, não ousou recusar o que ele pedia.

Oberon, tendo obtido assim o menino que havia tanto tempo desejava por pajem, condoeu-se da situação patética em que, por suas maquinações divertidas, tinha posto Titânia. Por isso, passou nos olhos dela um pouco do sumo da nova flor. A rainha das fadas recuperou imediatamente sua sensatez, e ficou assustada com seu novo amor, dizendo como lhe era repugnante a visão daquele estranho monstro.

Oberon, então, fez desaparecer a cabeça de asno do palhaço e deixou que ele terminasse sua sesta com sua própria cabeça sobre os ombros.

Estando Oberon e sua Titânia agora perfeitamente reconciliados, ele contou a ela a história dos amantes e suas brigas no meio da noite. Ela concordou em ir com ele para ver o final daquelas aventuras.

O rei e a rainha das fadas encontraram os jovens apaixonados e suas amadas a pouca distância uns dos outros, adormecidos sobre um relvado. É que Puck, para corrigir seu erro inicial, tinha usado das artimanhas mais sutis para reuni-los todos no mesmo local, sem que um tivesse conhecimento do outro. Cuidadosamente, tinha desfeito o encantamento dos olhos de Lisandro com o antídoto que o rei dos elfos tinha lhe dado.

Hérmia foi a primeira a despertar. Encontrando seu perdido Lisandro adormecido a seu lado, ficou a contemplá-lo, refletindo sobre aquela estranha inconstância amorosa. Lisandro logo abriu os olhos e, vendo sua querida donzela, recuperou a razão que o sortilégio tinha obscurecido e seu amor por Hérmia. E ambos começaram a falar sobre as aventuras daquela noite, duvidando que aquilo tudo realmente tivesse ocorrido: não teriam ambos sonhado o mesmo sonho amedrontador?

Helena e Demétrio também despertaram. Um sono ameno tinha tranquilizado os ânimos conturbados e raivosos de Helena. E ela ouviu, deliciada, as confissões de amor que Demétrio ainda lhe fazia e que ela, para sua surpresa e também para seu prazer, começava a perceber que eram sinceras.

Aquelas meigas donzelas, que tinham perambulado pela noite, já não mais adversárias, voltaram a ser grandes amigas. Todas as palavras amargas que tinham trocado foram esquecidas, e juntas refletiram calmamente sobre o que de melhor convinha fazer naquela situação. Logo chegaram a um consenso de que, já que Demétrio havia desistido de suas pretensões em relação a Hérmia, ele agora deveria se empenhar para que Egeu revogasse a cruel sentença de morte que fora proclamada contra ela. Demétrio se preparava para regressar a Atenas com aquele propósito amigável quando todos foram surpreendidos com a visão do pai de Hérmia, que chegava ao bosque à procura da filha fugitiva.

Egeu, tendo compreendido que Demétrio não mais se casaria com sua filha, não se opôs ao casamento dela com Lisandro: ao contrário, deu-lhe o consentimento para que as bodas se realizassem dali a quatro dias, data em que Hérmia deveria ter sido privada da vida. E Helena concordou alegremente em se casar naquele mesmo dia com seu amado e agora fiel Demétrio.

O rei e a rainha das fadas, que eram espectadores invisíveis daquela reconciliação, e que agora viam o final feliz da história dos amantes – provocado pela boa intervenção de Oberon –, tiveram tanto prazer naquilo que decidiram celebrar aquelas próximas núpcias com jogos e festas por todo o seu reino de magia.

E agora, se alguém tiver se ofendido com essa história de fadas e suas travessuras, julgando-a incrível e estranha, basta pensar que andou dormindo e sonhando, e que todas essas aventuras foram visões que teve durante o sono. E espero que nenhum dos meus leitores seja tão insensato a ponto de se ofender com um meigo e inocente sonho de uma noite de verão.

Macbeth

Quando Duncan, o Manso, reinava como soberano da Escócia, lá vivia um grande *thane*[1] chamado Macbeth. Ele era parente próximo do rei e gozava de grande estima na corte por seu valor e conduta nas guerras do reino. Pouco tempo antes, demonstrara essas qualidades ao derrotar um numerosíssimo exército rebelde financiado pelas tropas da Noruega.

Os dois generais escoceses, Macbeth e Banquo, retornavam vitoriosos dessa grande batalha quando, em seu caminho, passaram por uma charneca arruinada, onde foram detidos pela aparição de três estranhas figuras. Pareciam mulheres, só que tinham barba, e sua pele branquicenta e os trajes extravagantes faziam com que não se parecessem com nenhuma das criaturas deste mundo. Macbeth se adiantou e lhes dirigiu a palavra, mas elas, aparentemente ofendidas, puseram um dedo trêmulo sobre os lábios macilentos, em sinal de silêncio. Então, a pri-

1. Título de nobreza da Escócia medieval, atribuído a grandes senhores de terras, vassalos do rei. (N. T.)

meira delas saudou Macbeth com o título de *thane* de Glamis. O general ficou tremendamente surpreso ao ver que aquelas criaturas o conheciam, porém maior foi a surpresa quando a segunda prosseguiu a saudação, chamando-o de *thane* de Cawdor – título ao qual ele não tinha qualquer pretensão. E mais uma vez, a terceira o cumprimentou dizendo: "Viva Macbeth, que no futuro há de ser rei!".

Aquela saudação profética só podia causar espanto a Macbeth, pois sabia que enquanto os filhos do rei vivessem ele não podia ter esperanças de subir ao trono. Voltando-se então para Banquo, elas anunciaram, numa espécie de charada, que ele seria *menor do que Macbeth, mas muito maior! Não tão feliz, mas muito mais feliz!* E profetizaram que ele nunca reinaria, mas que seus filhos, mais tarde, viriam a ser reis da Escócia. Elas então se transformaram em uma nuvem de fumaça e desapareceram – e assim os generais se deram conta de que as três irmãs eram sinistras, ou bruxas.

Enquanto eles conversavam sobre aquela aventura bizarra, chegaram alguns mensageiros do rei, encarregados por ele de conferir a Macbeth a dignidade de *thane* de Cawdor. Tal evento correspondia tão miraculosamente à previsão das bruxas que Macbeth ficou atônito, tomado pelo espanto e incapaz de dizer palavra aos mensageiros. E naquele exato instante surgiram em sua mente esperanças cada vez maiores de que a previsão da terceira bruxa pudesse, de algum modo, se cumprir, e de que ele, um dia, viria a ser rei da Escócia.

Voltando-se para Banquo, ele disse:

– Você não tem a esperança de que seus filhos venham a ser reis, já que a profecia das bruxas a meu respeito se cumpriu de modo tão maravilhoso?

– Essa esperança – respondeu o general – poderia levar você a ansiar pelo trono. Mas muitas vezes esses agentes das trevas nos dizem pequenas verdades para nos arrastarem a gestos de consequências mais graves.

Mas as sugestões insinuantes das bruxas tinham mergulhado muito profundamente na mente de Macbeth para que ele desse atenção às advertências do fiel Banquo. A partir de então, dirigiu todos os seus pensamentos à obtenção do trono da Escócia.

Macbeth tinha uma esposa, a quem comunicou a estranha previsão das irmãs sinistras e seu cumprimento parcial. Era uma mulher má e ambiciosa. Assim, se o marido e ela mesma pudessem chegar à grandeza, pouco lhe importavam os meios. Ela atiçou o propósito relutante de Macbeth, que se compungia ao pensar em atos sanguinários, e tudo fez para convencê-lo de que o assassinato do rei era um passo absolutamente necessário para o cumprimento da profecia lisonjeira.

Ocorreu naquela época que o rei – que, devido à sua generosa condescendência, frequentemente visitava os membros de sua alta nobreza como sinal de estima – veio à casa de Macbeth, acompanhado de seus filhos Malcolm e Donalbain e um numeroso séquito de *thanes* e serviçais, tudo isso para honrar Macbeth pelo sucesso triunfal na guerra.

O castelo de Macbeth tinha uma localização muito agradável. O ar à sua volta era ameno e salutar, o que se evidenciava pelos ninhos que as andorinhas tinham construído sob todas as sacadas, frisos[2] e arcobotantes[3] da construção, onde quer que encontrassem um ponto favo-

2. Beirada contínua de uma construção.
3. Peça característica da arquitetura gótica.

rável. E onde esses pássaros gostam de viver e caçar, nota-se que o ar é sempre delicado. O rei entrou ali muito satisfeito, sobretudo em função da atenção e do respeito de sua honrada anfitriã, Lady Macbeth, que tinha a perícia de encobrir com sorrisos seus propósitos traiçoeiros, e assim parecia uma flor inocente, quando de fato era a serpente oculta embaixo dela.

O rei, fatigado da viagem, recolheu-se cedo, e em seu aposento particular (como era o costume) dois camareiros dormiram ao lado de sua cama. O rei tinha-se deleitado de modo especial com aquela recepção, e dera presentes a seus principais dignitários. Entre outras coisas, enviara um rico diamante a Lady Macbeth, saudando-a com o título de sua anfitriã mais amável.

Agora era plena madrugada, quando em metade do mundo a natureza parece morta e sonhos maus invadem o espírito dos homens adormecidos, e somente o lobo e o assassino permanecem de vigília. Foi nesse momento que Lady Macbeth despertou para tramar a morte do rei. Ela não se encarregaria de uma missão tão abominável ao sexo feminino se não temesse que a natureza do marido, cheia do leite da bondade humana, o impediria de executar um assassinato planejado. Sabia que ele era ambicioso, mas também escrupuloso, e ainda não preparado para a altura daquele crime que, em geral, costuma acompanhar a ambição desmedida. Ela o tinha convencido a consentir no assassinato, mas duvidava de sua resolução, e receava que a delicadeza natural de sua disposição (mais humana que a dela própria) pudesse intervir e estragar os planos. Assim, com suas próprias mãos armadas de um punhal, ela se aproximou da cama do rei. Antes disso, tinha providenciado para que os camareiros tomassem tanto vinho que

por fim se embriagassem, e agora dormiam pesado, indiferentes ao perigo. Lá estava Duncan, deitado, num sono profundo após o cansaço da viagem. E quando ela o viu mais de perto, alguma coisa no rosto dele, adormecido, lhe trouxe a lembrança de seu próprio pai, e isso lhe tirou a coragem de prosseguir.

Voltou para confabular com o marido. A determinação dele começava a estremecer. Ele considerava que havia fortes razões contra aquele ato. Para começar, ele não era apenas um súdito, mas um parente próximo do rei; e tinha sido seu anfitrião aquele dia, alguém cujo dever, pelas leis da hospitalidade, era fechar as portas contra seus assassinos, e não erguer contra ele sua própria faca. Em seguida, argumentou o quanto aquele Duncan tinha sido um rei justo e misericordioso, isento de qualquer ofensa contra seus súditos, amoroso para com sua corte, especialmente para com o próprio Macbeth. Reis assim gozam de proteção especial dos céus, e seus súditos sentem em dobro o dever de vingar suas mortes. Além disso, pelos favores do rei, Macbeth gozava de alto prestígio junto a toda classe de pessoas – como poderia ele manchar tais honras pela reputação de um assassinato tão vil?

Em tais conflitos íntimos Lady Macbeth encontrou o marido, que se inclinava para o lado do bem e se decidia a não prosseguir. No entanto, aquela era uma mulher que dificilmente desistiria de seu propósito perverso. Assim, ela começou a despejar nos ouvidos de Macbeth palavras que infundiram uma porção de seu próprio espírito na mente dele, desdobrando um após o outro os motivos por que ele não deveria se esquivar do que haviam combinado: como era simples fazer aquilo, como tudo se concluiria rapidamente, e como a ação de uma breve noite daria a todas as suas noites e seus dias futuros o domínio e a realeza soberana! Em seguida, ela expressou seu desprezo pela mudança de opinião do marido, acusou-o de volúvel e covarde, e declarou que ela tinha amamentado e sabia como era poderoso o amor que a prendia ao bebê que nela mamara; no entanto, ela o teria arrancado do seio e esmagado sua cabeça, enquanto ainda lhe sorria, se assim tivesse jurado fazer, como ele tinha jurado levar a cabo aquele assassinato. Em seguida, acrescentou que seria facílimo lançar a culpa sobre os camareiros bêbados adormecidos. E com o poder de sua língua, ela castigou os ânimos cambaleantes do marido de tal modo que ele mais uma vez reuniu coragem para a tarefa sanguinária.

Assim, levando o punhal nas mãos, ele se esgueirou sorrateiramente na escuridão até o quarto onde Duncan repousava. Mas, enquanto caminhava, julgou ter visto outro punhal flutuando no ar, com o cabo voltado para ele e, na lâmina e na ponta, gotas de sangue. Mas quando tentou agarrá-lo, nada mais havia além do ar, um mero fantasma nascido de seu próprio cérebro ardente e oprimido e da tarefa que tinha nas mãos.

Livrando-se daquele pavor, entrou no quarto do rei, de quem deu cabo com uma só punhalada. Tão logo executou o crime, um dos camareiros que dormiam no quarto riu em meio ao sono, enquanto o outro gritou: "Assassino" – o que fez ambos despertarem. Mas fizeram uma breve oração; um deles disse então: "Deus nos proteja!" e o outro murmurou: "Amém", e se entregaram novamente ao sono. Macbeth, que ficara a ouvi-los, tentou dizer: "Amém" quando o camareiro rogou: "Deus nos proteja!", mas embora necessitasse muito daquele amparo, a palavra lhe engasgou na garganta, e ele não conseguiu pronunciá-la.

De novo, julgou ouvir uma voz que exclamava: "Não durmam mais: Macbeth assassinou o sono, o meigo sono que alimenta a vida!". E a voz ainda gritou: "Não durmam mais" para toda a casa. "Glamis assassinou o sono e, por isso, Cawdor não dormirá mais, Macbeth não dormirá mais!"

Foram essas assombrações terríveis que Macbeth relatou à mulher, que o escutou, atenta. Ela começou a pensar que ele fracassara em sua missão e que o ato tinha sido frustrado de algum modo. Ele chegara num estado tão perturbado que ela o repreendeu por sua falta de firmeza e o mandou lavar as mãos sujas do sangue que as manchava; enquanto isso ela pegou o punhal com o propósito de manchar de sangue os rostos dos camareiros, para incriminá-los.

Veio a manhã e, com ela, a descoberta do assassinato, que não podia ficar oculto. Embora Macbeth e a mulher dessem mostras de grande pesar e as provas contra os camareiros (o punhal encontrado com eles e seus rostos lambuzados de sangue) fossem suficientemente fortes, ainda assim toda a suspeita recaiu sobre Macbeth, cujos motivos para aquela ação eram muito mais pesados do que os que se poderia atribuir aos pobres e tolos camareiros. Os dois filhos de Duncan fugiram: Malcolm, o mais velho, buscou refúgio na corte da Inglaterra; Donalbain, o mais moço, escapou para a Irlanda.

Como os filhos do rei, que deveriam tê-lo sucedido, deixaram o trono vacante, Macbeth, como próximo na linha de sucessão, foi então coroado rei. Assim, a previsão das irmãs sinistras foi literalmente cumprida.

Apesar de colocados em tão alto posto, Macbeth e sua rainha não conseguiam esquecer o resto da profecia das três bruxas: que embora Macbeth se tornasse rei, não seriam os seus filhos, mas os filhos de Banquo, que reinariam depois dele. Tal pensamento, e a ideia de que tinham manchado suas mãos com sangue e cometido tamanhos crimes só para colocar a posteridade de Banquo sobre o trono, deixou-os tão inflamados que decidiram matar Banquo e o filho, de modo a anular as previsões das bruxas que, no que dizia respeito a Macbeth, tinham se concretizado tão extraordinariamente.

Com tal propósito, ofereceram um grande banquete, ao qual convidaram todos os grandes nobres do reino. E, em meio aos demais, com notas de especial deferência, Banquo e seu filho Fleance foram convidados. No caminho para chegar ao palácio, Banquo foi cercado por assassinos designados por Macbeth, que o apunhalaram. No meio da confusão, porém, Fleance conseguiu escapar. E desse Fleance descendeu toda uma linhagem de monarcas que, mais tarde, ocupariam o trono da Escócia, terminando em Jaime, o sexto da Escócia e o primeiro da Inglaterra, sob o qual as duas coroas foram reunidas.

No banquete, a rainha, cujas maneiras eram as mais afáveis e nobres possíveis, portou-se como uma anfitriã tão agradável e atenciosa que conquistou todos os presentes. Macbeth conversou livremente com seus barões e vassalos dizendo que tudo o que havia de mais honorável no país se encontraria ali, sob seu teto, se Banquo também estivesse presente. E acrescentou que, neste caso, preferia ralhar com Banquo por um pequeno deslize a ter de lamentar por algum infortúnio que lhe tivesse ocorrido. Mal terminou de dizer essas palavras e o fantasma de Banquo – que Macbeth tinha mandado assassinar – entrou no salão e se sentou na cadeira que Macbeth estava prestes a ocupar. Embora Macbeth fosse um homem intrépido, que poderia ter encarado o demônio sem tremer, diante daquela horrível visão suas faces empalideceram de medo, e ele ficou de pé, imóvel, com os olhos cravados no fantasma. A rainha e os nobres todos, que nada viram, mas notaram o olhar fixo de Macbeth para uma cadeira vazia (como lhes pareceu), julgaram que se tratava de um acesso de demência. Ela então o repreendeu, sussurrando que era o mesmo tipo de alucinação que lhe fizera ver o punhal no ar quando estava prestes a matar Duncan. Mas Macbeth continuava a enxergar o fantasma, e não deu ouvidos a nada do que lhe diziam, enquanto se dirigia ao espectro com palavras insensatas, mas tão significativas que a rainha, temendo que seu terrível segredo fosse revelado, precipitou-se a despedir os hóspedes, desculpando-se pela enfermidade do marido como um distúrbio que frequentemente o atingia.

De fato, Macbeth ficou sujeito àquelas alucinações medonhas. Ele e a rainha tinham o sono afligido por sonhos terríveis, e o sangue de Banquo já não os perturbava tanto quanto a fuga de Fleance, em quem agora viam o pai de uma linhagem de reis que expulsaria do trono a posteridade de Macbeth. Não achavam paz em meio a pensamentos tão angustiantes, e Macbeth decidiu buscar mais uma vez as irmãs sinistras, para saber delas o que ainda estava por vir.

Foi ter com elas numa caverna na charneca, onde elas, que sabiam de antemão de sua vinda, estavam ocupadas na preparação de horripilantes poções, com as quais conjuravam os espíritos infernais para que lhes revelassem o futuro. Seus horrendos ingredientes eram sapos, morcegos e serpentes; o olho de uma salamandra, a língua de um cão, a perna de um lagarto e a asa de uma coruja; uma escama de dragão, um dente de lobo, o bucho de um tubarão, a múmia de uma bruxa, a raiz da cicuta venenosa (que, para ter efeito, precisa ser colhida no escuro), a bile de um bode, o fígado de um judeu com enxertos do teixo que lança raízes nos túmulos, e o dedo de uma criança morta. Tudo isso era lançado para ferver num caldeirão que, ao ficar demasiado quente, era resfriado com sangue de babuíno. Ali derramaram o sangue de uma porca que tinha devorado os filhotes, e lançaram às chamas o suor que escorrera de um assassino morto na forca. Com tais encantamentos, forçavam os espíritos infernais a responder suas perguntas.

Perguntaram a Macbeth se ele queria suas dúvidas resolvidas por elas mesmas ou por seus mestres, os espíritos. Ele, nada atemorizado pelas cerimônias apavorantes que presenciava, respondeu com ousadia:

– Onde estão eles? Quero vê-los.

Elas então chamaram os espíritos, que eram três. O primeiro se ergueu com a aparência de uma cabeça armada de capacete e chamou Macbeth pelo nome. Disse-lhe que tomasse cuidado com o *thane* de Fife. Macbeth lhe agradeceu o aviso, dizendo que isso correspondia a seus receios, pois já vinha desconfiando de Macduff, o *thane* de Fife.

O segundo espírito se ergueu com a aparência de uma criança ensanguentada e chamou Macbeth pelo nome. Disse-lhe que não tivesse medo, mas risse e zombasse do poder dos homens, pois nenhum homem nascido de mulher seria capaz de feri-lo. E aconselhou-o a ser sanguinário, atrevido e resoluto.

– Que Macduff viva, então! – exclamou o rei. – Por que terei medo dele? Mesmo assim, vou tomar garantias em dobro. Ele não viverá, para que eu possa dizer ao medo pálido: "Tu mentes", e possa dormir, apesar do trovão.

Tendo despedido aquele espírito, surgiu um terceiro, na forma de uma criança coroada, com uma árvore na mão. Chamou Macbeth pelo nome e o tranquilizou quanto a conspirações dizendo que ele jamais seria derrotado enquanto a floresta de Birnam não subisse contra ele até as colinas de Dunsinane.

– Suaves presságios! Ótimos! – exclamou Macbeth. – Quem poderá arrancar a floresta e removê-la de suas raízes presas na terra? Vejo que poderei viver o período normal de uma vida sem ser arrebatado por uma morte violenta e precoce. Mas meu coração pulsa por saber mais uma coisa. Digam-me, se sua arte for capaz de tanto: a descendência de Banquo chegará a reinar sobre este trono?

Então, o caldeirão mergulhou terra adentro e um som de música se fez ouvir. Oito sombras, como reis, passaram por Macbeth, sendo a última a de Banquo, que segurava um espelho mostrando outras tantas figuras. Banquo, todo ensanguentado, sorria para Macbeth e apontava para as sombras. Macbeth soube desse modo que aquela era a posteridade de Banquo, que reinaria na Escócia depois dele. E as bruxas, com um som de música suave, dançando e fazendo reverências de respeito e boas-vindas a Macbeth, desapareceram. E a partir daquele instante, todos os pensamentos de Macbeth foram sanguinários e apavorantes.

A primeira coisa que ouviu ao sair da caverna das bruxas foi que Macduff, *thane* de Fife, tinha fugido para a Inglaterra a fim de se juntar ao exército que estava se formando sob a chefia de Malcolm, o filho mais velho do falecido rei Duncan, com a intenção de depor Macbeth e o instalar, o herdeiro legítimo, no trono da Escócia. Macbeth, enfurecido, partiu rumo ao castelo de Macduff e passou a fio de espada a mulher e os filhos do *thane*, que tinham permanecido no país, e estendeu a matança a todos os que reivindicavam o mínimo parentesco com Macduff.

Este e outros gestos semelhantes fizeram que todos os principais nobres do reino se afastassem de Macbeth. Os que puderam fugiram para se juntar a Malcolm e Macduff, que agora se aproximavam com um poderoso exército recrutado na Inglaterra. Os demais secretamente desejavam sucesso àquela investida, embora, por temor a Macbeth, não pudessem participar ativamente da ação. O rei recrutava seu exército com grande lentidão: todos odiavam o tirano, ninguém o amava ou honrava; pelo contrário, todos suspeitavam dele. Macbeth começou a invejar a situação de Duncan, a quem tinha assassinado, que dormia profundamente em sua cova e contra quem a traição tinha feito tudo o que podia: nenhum aço ou veneno, nenhuma intriga doméstica ou exército estrangeiro podia feri-lo.

Enquanto tais coisas se sucediam, a rainha – que tinha sido sua única companhia na perversidade, em cujo seio ele vez por outra podia buscar um repouso momentâneo daqueles sonhos terríveis que afligiam a ambos durante a noite – morreu, ao que parecia, por suicídio, incapaz de suportar o remorso e o ódio público. Com isso, Macbeth ficou sozinho, sem uma alma que o amasse ou se importasse com ele, sem um amigo a quem pudesse confiar seus propósitos cruéis.

Foi-se tornando indiferente à vida e desejoso da morte. Mas a aproximação rápida do exército de Malcolm despertou nele o que restava de sua antiga coragem, e tomou a decisão de morrer, sim, mas (em suas próprias palavras) "dentro da armadura". Além disso, as falsas promessas das bruxas tinham-no enchido de vã confiança. Lembrou-se das palavras dos espíritos, de que nenhum homem nascido de mulher poderia feri-lo e que só seria derrotado quando a floresta de Birnam subisse até Dunsinane, coisa que, julgava ele, jamais poderia ocorrer. Assim, trancou-se em seu castelo, fortaleza inexpugnável capaz de resistir a todo assédio. Ali, ficou taciturno à espera da abordagem de Malcolm.

Um dia, porém, chegou um mensageiro, pálido e trêmulo de medo, quase incapaz de relatar o que tinha visto. Pois ele afirmava que, estando de sentinela sobre a colina, olhou para os lados de Birnam e teve a clara impressão de que a floresta começava a se mover!

– Escravo mentiroso! – gritou Macbeth. – Se estiver afirmando falsidades, será pendurado vivo na árvore mais próxima até que a fome dê cabo de você. Se seu relato for verdadeiro, pouco me importa se você fizer a mesma coisa comigo.

A determinação de Macbeth já começava a oscilar, e ele duvidava das palavras ambíguas dos espíritos. Ele não tinha o que temer enquanto a floresta de Birnam não subisse até Dunsinane, e agora uma floresta se punha em movimento!

– No entanto – disse ele –, se o que ele me relata é a verdade, vou me armar e sair. Não há como fugir daqui, nem por que aqui ficar. O sol já começa a me aborrecer e já anseio pelo fim da vida.

Com essas palavras desesperadas, ele partiu com ímpeto rumo aos assaltantes que já estavam abordando o castelo.

A estranha visão, que tinha dado ao mensageiro a impressão de uma floresta a se mover, logo foi decifrada. Quando o exército invasor marchava pela floresta de Birnam, Malcolm, general habilidoso, instruiu cada um de seus soldados a cortar um galho de árvore e levá-lo à sua frente, a fim de esconder o verdadeiro número de atacantes. Aquela marcha de soldados ocultos sob os galhos tinha provocado, a distância, a visão que tanto assustara a sentinela. Assim foi que as palavras dos espíritos se cumpriram, num sentido diferente do que Macbeth tinha entendido, e uma grande parte de sua confiança desapareceu.

E agora transcorria uma batalha acirrada, na qual Macbeth – embora fracamente apoiado pelos que se diziam seus amigos, mas que na realidade odiavam o tirano e se inclinavam para o lado de Malcolm e Macduff – ainda lutava com o máximo de fúria e valentia, despedaçando

todos os que se opunham a ele, até chegar ao lugar em que Macduff estava combatendo. Vendo-o, e lembrando-se do aviso do espírito que lhe aconselhara a evitar Macduff mais que a qualquer outro homem, Macbeth pensou em dar meia-volta. Macduff, porém, que vinha buscando Macbeth durante todo o combate, se opôs à fuga dele, e um duelo feroz teve início. Macduff insultou-o amargamente pelo assassinato da mulher e dos filhos. Macbeth, cuja alma já estava demasiadamente carregada do sangue daquela família, ainda pensou em desistir da luta, mas Macduff o incitava a combater, chamando-o de tirano, assassino, cão do inferno e vilão.

Macbeth, então, se lembrou das palavras do espírito: nenhum homem nascido de mulher poderia feri-lo. Sorrindo, confiante, disse então a Macduff:

– Não gaste suas forças, Macduff. É mais fácil você causar feridas no ar do que arrancar sangue de mim. Minha vida é protegida por um encantamento, o de que não cairei diante de alguém nascido de mulher.

– Esqueça tal encantamento – disse Macduff – e peça ao espírito mentiroso a quem você serve que lhe diga que Macduff jamais nasceu de mulher, não do modo costumeiro de nascer, pois ele foi retirado de dentro de sua mãe antes do tempo.

– Maldita seja a língua que me diz isso – exclamou Macbeth, trêmulo, sentindo partir sua última porção de confiança –, e que no futuro nenhum homem dê crédito ao discurso ambíguo das bruxas e dos espíritos trapaceiros, que nos enganam com palavras de duplo sentido, e enquanto cumprem suas promessas literalmente, desapontam nossas esperanças com um significado diferente. Não lutarei com você.

– Então, fique vivo – disse Macduff, em tom de escárnio. – Faremos uma exibição com você, tal como as pessoas exibem monstros, e um cartaz pintado será escrito com as palavras: "Aqui podem ver o tirano!".

– Nunca! – reagiu Macbeth, cuja coragem reavivou-se com o desespero. – Não viverei para beijar o chão diante dos pés do jovem Malcolm nem para servir de isca para a ralé. Embora a floresta de Birnam tenha subido até Dunsinane e você, que nunca nasceu de mulher, esteja diante de mim, ainda tentarei meus últimos recursos.

Com tais palavras frenéticas, ele se atirou sobre Macduff que, após uma acirrada luta, acabou por vencê-lo e cortar-lhe a cabeça, que levou como prêmio para o jovem e legítimo rei Malcolm. Este assumiu então o reino que, pelas maquinações do usurpador, lhe tinha sido negado por tanto tempo. E subiu ao trono de Duncan, o Manso, em meio às aclamações dos nobres e do povo.

Quero mais

Você gostou das histórias que leu? Então que tal saber um pouco mais sobre elas e seu autor? É só nos acompanhar nas próximas páginas...

O inglês William Shakespeare (pronuncia-se xeiquispir) foi um dos maiores dramaturgos da humanidade. A seguir, você conhecerá um pouco de sua vida e de sua vasta obra, viajando pelos lugares que o inspiraram a criar os três clássicos deste livro.

Tate Gallery/Londres

Quem escreveu estas histórias?

William Shakespeare nasceu em Stratford-on-Avon, Inglaterra, em 23 de abril de 1564. Morreu no mesmo dia e lugar, com 52 anos. Gostava muito de ler e sabia grego e latim.

Em 1587, casado e pai de três filhos, foi sozinho para Londres, onde gastou suas economias em bares e no teatro. Para se sustentar, dizem que trabalhou como guardador de cavalos no Teatro Globe. Mais tarde, tornou-se sócio desse teatro, onde apresentou suas primeiras peças. O lugar foi reconstruído em 1997 e hoje se chama Globe Shakespeare Theatre.

Sua vida em Londres é cercada de mistério, assim como muitas de suas histórias. Ninguém sabe ao certo o que fazia antes de se tornar autor de peças teatrais. A primeira que escreveu foi *Henrique IV*. Depois, criou muitas comédias e dramas, como as histórias que você leu aqui.

Em pouco tempo, passou a desfrutar de prestígio na Corte Inglesa, ganhando muito dinheiro. Em 1610, se aposentou e voltou para Stratford-on-Avon.

Para todos os leitores

Em 1807, os irmãos ingleses Charles e Mary Lamb tornaram a obra de Shakespeare mais acessível ao público. Como os textos foram escritos para o teatro, têm apenas diálogos. E por terem sido criados há muito tempo, sua linguagem é antiga, com palavras complicadas. Na versão dos Lamb, a leitura ficou mais fácil.

Corbis/Sygma

Cena do filme *Shakespeare apaixonado*, de 1998. A história mistura fantasia e realidade para contar um caso de amor de Shakespeare. O ator Joseph Fiennes (foto) interpreta o dramaturgo.

Viagens dramáticas

A vida de Shakespeare até hoje não é conhecida em detalhes. Por isso, ninguém sabe se o autor viajou pelos lugares que cita em suas histórias. Mas como homem do Renascimento, sua imaginação ultrapassou as fronteiras da Inglaterra. Suas peças se passam na Dinamarca, em cidades italianas, na Grécia e na Roma antigas, e até numa ilha da América, que acabara de ser descoberta.

O que se sabe é que muitas de suas peças baseiam-se em fatos históricos, lendas e narrativas de outros autores, como as três histórias deste livro. O drama de Hamlet é uma lenda dinamarquesa, escrita quase quatrocentos anos antes. *Sonho de uma noite de verão* traz um conjunto de referências a histórias escritas em várias épocas, desde a Grécia antiga. E o rei escocês Macbeth aparece em relatos históricos do século XIV, mas é possível que tenha vivido no ano 1040.

O castelo de Hamlet

Para criar o cenário de Hamlet, *Shakespeare inspirou-se no castelo de Kronborg, localizado em Elsinore, Dinamarca. No entanto, Kronborg nunca foi residência da família real dinamarquesa. O lugar era, na verdade, um posto de pedágio para navios que por ali passavam. É possível que Shakespeare nunca tenha ido até lá. Mas diversos autores que conheceu foram e podem ter lhe contado sobre o castelo.*

Bob Krist/Corbis

Apesar de Hamlet ser um personagem fictício, muitas pessoas, até hoje, fazem questão de viajar a Elsinore para conhecer seu castelo.

World Film Enterprises/Corbis

Na foto acima, detalhe de afresco da Capela Sistina, pintado por Michelangelo, um dos nomes mais representativos do Renascimento. O movimento renascentista revolucionou a civilização europeia a partir do século XV e influenciou muito a obra de Shakespeare.

Histórias de outro mundo

Você certamente reparou que as três histórias apresentam seres fantásticos. Há o fantasma do pai de Hamlet, as fadas e duendes do bosque em *Sonho de uma noite de verão* e as bruxas em *Macbeth*. O sobrenatural sempre atiçou a curiosidade das pessoas e serviu de tema para uma porção de histórias.

Na Europa, esse fascínio é ainda mais forte. Magos, duendes, dragões e fadas fazem parte da cultura europeia e são lendas tão famosas quanto a do saci-pererê e a da mula sem cabeça para nós, brasileiros.

Muitos autores se inspiraram nesse universo para escrever livros que viraram sucessos mundiais. Os fantasmas, principalmente, povoam a imaginação de todos. Em *O fantasma de Canterville*, de Oscar Wilde, uma família americana vai morar na Inglaterra e encontra um fantasma decadente, que não assusta ninguém. Nessa história se baseiam filmes como *Os fantasmas se divertem* e o brasileiro *Simão, o fantasma trapalhão*.

O tema também aparece na peça *Pluft, o fantasminha*, da brasileira Maria Clara Machado, e até no desenho *Gasparzinho, o fantasma camarada*.

Buuu!

A casa paroquial de Borley é considerada a "casa mais mal-assombrada da Inglaterra". Diz a lenda que foi construída em 1863, no lugar de um antigo convento. Lá, uma freira se apaixonara por um monge. Os dois planejavam fugir, mas foram descobertos e mortos. Desde então, seus fantasmas vagam por ali. Vários estudiosos presenciaram eventos inexplicáveis: vozes, palavras que aparecem escritas nas paredes, armários que abrem sozinhos... É de arrepiar!

Hulton Archive/Getty Images

O ator Courtenay Thorpe interpreta o fantasma do pai de Hamlet em uma das primeiras adaptações cinematográficas de *Hamlet*, realizada em 1925.

Um príncipe atormentado

O conflito de Hamlet é uma antiga lenda da Escandinávia. No século XII, o dinamarquês Saxo Grammaticus (nascido em Elsinore) contou essa história. Durante muitos anos, a narrativa foi recontada, até que caiu nos ouvidos do autor inglês Thomas Kid, que a transformou em um drama de vingança.

Provavelmente foi a versão de Kid que inspirou Shakespeare. E foi Shakespeare quem batizou o personagem. O nome Hamlet é inspirado em seu filho, Hamnet, que morreu aos 11 anos, um pouco antes da conclusão da peça.

O jovem príncipe Hamlet é um dos personagens mais estudados da literatura. Isso porque, apesar de ser o personagem principal, não é um herói típico. Quer fazer justiça e vingar a morte do pai, mas sofre com a dúvida, o medo, a paixão e a insegurança – exatamente como qualquer pessoa comum.

> *"Há mais coisas entre o céu e a terra do que supõe a nossa vã filosofia."*
>
> **Hamlet**

Na boca do mundo

A influência de Hamlet *sobre a cultura ocidental é mesmo impressionante. Muitas falas da peça ficaram célebres e hoje estão na boca de todos. "Ser ou não ser, eis a questão" e "há algo de podre no reino da Dinamarca" são exemplos. Além disso, em inglês, quando algo não tem sentido, costuma se usar a seguinte expressão: "É como* Hamlet, *sem o príncipe da Dinamarca". Isso porque, a história de Hamlet, sem seu personagem principal, é incompreensível...*

Konow Rolf/Corbis Sygma

Mais de 300 anos depois de sua morte, a obra de Shakespeare ainda influencia o teatro, o cinema e a literatura. Só a peça *Hamlet* já teve mais de 50 versões para o cinema. Acima, o ator Kenneth Branagh interpreta o príncipe dinamarquês.

Tate Gallery/Londres

Inteligente e perspicaz, a bela Ofélia sofre com o falso desprezo de Hamlet e com o desamparo depois da morte do pai, levando-a ao suicídio. Acima, o quadro de John Everett Millais revela o momento da morte da personagem.

Bebendo em muitas fontes

A peça *Sonho de uma noite de verão* é uma verdadeira colcha de retalhos. Alguns estudiosos acreditam que foi escrita para ser apresentada na comemoração de um casamento aristocrático. Outros creem que foi escrita para ser encenada em uma festa de São João (24 de junho), que no hemisfério norte acontece no verão.

Para escrever essa história, Shakespeare buscou inspiração em fontes muito diferentes. A maioria das histórias de fadas e duendes vem da tradição popular. Mas os personagens também surgiram de histórias clássicas.

O governante Teseu vem de Plutarco, escritor e filósofo grego da época de Cristo. Já Titânia, a rainha das fadas, vem de *Metamorfoses*, de Ovídio, escritor romano da mesma época. Oberon é um personagem que aparece em várias histórias medievais. A ideia da poção de amor vem de *Diana enamorada*, livro de Jorge de Montemayor.

Francis G. Mayer/Corbis

Amores impossíveis como o de Píramo e Tisbe inspiraram diversas tragédias e comédias, como *Romeu e Julieta* e *Sonho de uma noite de verão*, de Shakespeare. O casal aparece, acima, em pintura de Jean Gossaert.

Robbie Jack/Corbis

Cena de uma montagem inglesa para *Sonho de uma noite de verão*. A peça é uma das mais encenadas de Shakespeare no mundo.

Amores impossíveis

Toda a confusão de Sonho de uma noite de verão *acontece porque o pai de Hérmia não quer que ela se case com Lisandro. Histórias de famílias que se opõem a um namoro são bem comuns. É o caso de* Romeu e Julieta, *peça inspirada na tragédia de Píramo e Tisbe. Nas duas, dois jovens se apaixonam e tentam fugir para ficar juntos – contra a vontade da família. No fim, preferem morrer a ficar separados.*

Posso ler sua mão?

Poderes sobrenaturais nem sempre foram vistos com maus olhos. Na Grécia, havia os oráculos – pessoas que previam o futuro. Eles eram tratados como deuses. Antes da Idade Média, as religiões tinham forte ligação com a natureza e invocavam espíritos. Com a ascensão da Igreja Católica, porém, as pessoas que tinham visões e faziam premonições foram perseguidas e queimadas em fogueiras.

Tate Gallery/Londres

Lady Macbeth, retratada acima no quadro de John Singer Sargent, é uma das mais amargas personagens que Shakespeare já criou.

Haja sangue

Sem dúvida, *Macbeth* é a mais sombria tragédia de Shakespeare, uma verdadeira história de terror. Conta-se que quando a peça estreou, em 1606, muitos espectadores passaram mal no teatro e chegaram a desmaiar de medo.

Ao seguir as premonições das feiticeiras, Macbeth assinou sua sentença de morte e tornou-se o mais desventurado dos personagens shakespearianos. Ele conseguiu tudo o que queria, mas nunca teve paz de espírito para aproveitar sua riqueza e sua nobreza.

Lady Macbeth, sua esposa, é uma das maiores vilãs da história do teatro. Ela manipula a todos para realizar seus desejos e não tem nenhum escrúpulo em pedir ao marido que mate por pura ambição.

Esse rei escocês realmente existiu, e reinou de 1040 a 1057. Na verdade, ele também tomou o poder. Porém, diferente da história que você leu, dizem que Macbeth foi um rei sábio e respeitado.

> *"Não existe arte que ensine a ler no rosto as feições da alma."*
>
> **Duncan, rei da Escócia**

Vittoriano Rastelli/Corbis

Perto da cidade de Edimburgo, capital da Escócia, encontra-se o castelo de Glamis. O cenário onde se desenrola a história de Macbeth é considerado, pelos escoceses, um lugar mal-assombrado.

Mas, afinal, o que é um clássico?

Mergulhar no mundo dos livros é uma das melhores experiências que o ser humano pode ter. E alguns deles trazem em si a própria história da cultura humana. São os livros clássicos: obras artísticas universais de grande valor para as pessoas, independentemente da língua que falam ou do período em que vivem.

Uma obra clássica nunca deixa de ser interessante, não importa há quantos anos tenha sido escrita. Isso não quer dizer que, para ser clássico, o livro precise ter séculos de existência. Muito mais importante que sua idade é o seu valor para a literatura. O escritor cubano Ítalo Calvino definia um clássico como "um livro que nunca terminou de dizer aquilo que tinha para dizer". Por isso é importante ler e reler essas histórias. Elas mexem com a consciência do leitor e proporcionam novos sentimentos e sensações a cada leitura.

Bettmann/Corbis

O inglês Robert Louis Stevenson, que escreveu, entre outros clássicos, *A ilha do tesouro* e *O médico e o monstro*.

Biblioteque Nationale de France, Paris

O espanhol Miguel de Cervantes, autor de *Dom Quixote*, um dos livros mais reverenciados em todo o mundo.

E por aqui...

A literatura brasileira também tem seus clássicos. Os livros de Machado de Assis, por exemplo, são reconhecidos como obras-primas da língua portuguesa. Mas ele não é o único. Outros escritores são consagrados na literatura nacional, como José de Alencar, Mario de Andrade, Carlos Drummond de Andrade, Guimarães Rosa... A lista é enorme, e a qualidade é garantida!

João Rangel/AE

Guimarães Rosa: *Sagarana* e *Grande sertão: veredas* são algumas obras-primas que deram ao mineiro fama e respeito no Brasil e no mundo.